페르마타,
이탈리아

페르마타, — 이탈리아

퇴고할 수 없는 시간

이금이
에세이

사계절

이 여행을 함께 써준 진,

다음 여행은 함께 써갈 선,

그리고 이 여정을 함께 읽어줄 독자에게

차례

여행이라는 작품 속으로 ◇ 프롤로그 ◇ 9

알 수 없어 살 만한 인생 ◇ 밀라노 ◇ 17

두려움을 이기는 법 ◇ 베네치아 ◇ 26

볼로냐의 환대 ◇ 볼로냐 ◇ 37

질투는 나의 힘 ◇ 피렌체 ◇ 46

욕심의 무게 ◇ 시에나 ◇ 55

모든 신들의 신전 ◇ 로마 ◇ 63

아름답다는 것 ◇ 알베로벨로, 마테라 ◇ 78

나폴리 사람들 ◇ 나폴리 ◇ 87

지금, 여기 ◇ 포지타노, 폼페이 ◇ 94

나의 절정 ◇ 팔레르모 ◇ 102

우리의 신화 ◇ 카타니아 ◇ 113

가지 않은 길 ◇ 타오르미나 ◇ 124

페르마타, 나 자신과의 만남 ◇ 라구사 ◇ 133

상처뿐인 영광 ◇ 시라쿠사 ◇ 146

뜻밖의 선물 ◇ 스펠로 ◇ 157

안개로 난 길 ◇ 아시시 ◇ 168

운하의 밤 ◇ 밀라노 ◇ 178

퇴고할 수 없는 시간 ◇ 에필로그 ◇ 187

작가의 말 ◇ 196

여행이라는 작품 속으로

어릴 적 나는 내가 50대가 될 거라고 상상할 수 없었다. 그런 나이는 영원히 오지 않거나 아주 먼 미래의 일이라고 생각했다. 어른이 되는 게 좋기만 했던 스무 살, 결혼, 가사, 육아에 지쳐 글 쓸 시간도 내기 어려웠던 서른 살, IMF 여파로 큰 위기 속에 맞이한 마흔 살……

그 뒤 10년을 그 어느 때보다 치열하게 살았음에도 쉰 살은 느닷없이 온 것 같았다. 그리고 더는 젊지 않음을 선고하듯 갱년기 증세가 마음과 몸을 습격해 왔다. 나는 가족에게 그 사실을 알렸다.

"내가 그동안 당신 봐주고 너희들 사춘기 때 참 아줬던 거 이제 갚아. 난 앞으로 맘대로 짜증 내고, 화 내고, 막 소리도 지를 거야."

내 엄중한 선고를 세 식구는 제법 진지하게 듣는 듯했다. 평생 가족에게 헌신해온 만큼 이제 적금을 찾아 쓰듯 갱년기 증세를 맘껏 발산하면 될 줄 알았다. 그 뒤 한동안 우리 집의 주요 화두가 '갱년기'가 되기는 했다. 하지만 내 예상과 다르게 개그 유행어처럼 희화화된 것이었다.

"오빠, 엄마 갱년기라서 그러는 거야. 그것도 몰라?"

"야, 넌 엄마 갱년긴데 왜 그러냐?"

"어이, 갱년기 여사."

이해받기는커녕 놀림감이 된 것 같아 성질만 더 났다.

나는 나의 쉰 살에게 안식년을 주기로 했다. 내가 해야 하는 일 중에서 가장 버거운 강연을 일 년 간 쉬기로 한 것이다. 지금이야 즐겁게 하고 있지만 그때는 대중 앞에 서는 것 자체가 너무 힘들었다. 막상 현장에 가면 괜찮은데 그전까지는 시시각각 다가오는 공포와 마주하는 기분이었다. 그 일 년 동안 도저히 거절할 수 없는 강연을 딱 두 번 했는데 한 번은 아들 중학교 때 선생님의 부탁이었고, 또 한 번은 남편 절친이 주관하는 행사였다. (전생에 자식은 빚쟁이고 남편은 원수였다더니.)

강연을 안 한다고 해서 갱년기 증세가 나아지는 건 아니었다. 수시로 열이 올랐다 내렸다 하고, 울컥울컥 화가 치솟아 이러다 성미 고약한 노인이 되는 건 아닌가 걱정됐다. 30대에는 시속 30킬로미터, 40대엔 40킬로미터 식으로 나이 들수록 세월의 체감 속도가 점점 빨라진다는 말들을 하곤 한다. 나 또한 그렇게 느끼고 있었기에 지금까지보다 더 빠르게 닥쳐올 예순 살이 벌써 우울해지기 시작했다.

나는 '환갑 노인'이라는 말을 들으며 자란 세대다. 인생은 지금부터라고 아무리 우겨도, '신중년'이라는 단어로 60대를 새롭게 칭해도, 내가 느끼기에 예순 살은 노년으로 들어서는 관문 같았다. 특단의 조치가 없으면 60대를 향해 가고 있는 50대 내내 우울할 것 같았다. 그래서 고등학교 동창 진, 선과 함께 60대를 즐겁게 맞이할 계획을 세웠다. 다름 아닌 여행이었다.

아들 하나, 딸 하나씩을 둔 진과 나, 아들 둘인 선. 우리 셋은 아이들이 큰 뒤 1, 2년에 한 번씩 국내나 가까운 외국여행을 해왔다. 당일치기나 하룻밤, 길어야 나흘 정도로 짧은 일정이었다. 예순 살을 맞는 여행은 그 정도로는 성이 차지 않았다. 적어도 2주 이상이어야 하고 지중해 크루즈 여행 정도는 되어야 했다. 문제는 직장을 다니는 선이 그렇게 시간을 낼 수 없다는 거였다. (우리는 우정과 여행 사이에서 여행을 택했다!)

선도 함께하는 긴 여행은 그 애의 정년퇴직 후로 미루고 일단 진과 둘이서 다녀오기로 했다. 우리는 영화에서나 본 호화 유람선 선상 파티를 꿈꾸며 매달 한 통장에 돈을 모으기 시작했다. 그 뒤 시간은 두 갈래로 나뉘어 흘렀다. 일상의 시간은 60대를 향해 엄청난 속도로 달려가고 있는데 여행으로의 시간은 더디기만 했다.

통장에 돈이 쌓일수록 기대도 함께 부풀었다. 만

날 때마다 디저트처럼 곁들여지던 여행 이야기는 어느 순간부터 중심 화제로 자리 잡았다. 꿈꾸는 여행 기간도 점점 늘어나 한 달이 됐다. 여행 방식도 크루즈에서 자유롭게 다니는 것으로 바뀌었다.

50대 중반을 넘어서자 이런저런 안 좋은 신체적 징후들이 나타났고, 나는 갑상선암 수술까지 받았다. 진과 나는 하루라도 빨리 여행을 가자는 쪽으로 의기투합했다. 우리에게 그 여행은 만병통치약이나 다름없었다.

동갑내기 딸들의 결혼과 졸업만큼 좋은 계기는 없었다. 자식 뒷바라지가 한고비 끝나는 시기에 그동안 고생한 우리는 여행이라는 선물, 아니 상을 받아 마땅했다.

진의 딸은 예정대로 결혼 날짜를 잡았지만 내 딸은 졸업을 1년 남겨놓고 그 학교에서 배울 건 다 배웠다며 학교를 그만둬버렸다. 대학을 두 군데나 다니고서도 졸업장 한 장 없는 딸 때문에 숙제를 다 마치지 못한 것 같았다. 뒷바라지가 허사가 됐다는 억울함에 더더욱 보상이 필요했다. 우리는 진의 딸을 결혼시키고 나서 2주 뒤에 떠나기로 했다.

여행지는 이탈리아로 결정했다. 진은 이탈리아가 처음이고 나는 세 번째였다. 볼로냐에서 열리는 국제아동도서전에 두 번이나 갔어도 그때마다 이탈리아에 머문 시간은 얼마 되지 않았다. 도서전 참관 뒤 남프랑스와 스페인을 관광하는 패키지를 선택했기 때문이다. 베네치아와 피렌체를 찍듯이 잠깐 들른 게 다였을 뿐 로마조차 가보지 못했다. 다녀왔다고 하기도 애매한 이탈리아를 제대로 여행하고 싶었다. 그림과 자동차, 패션에 관심이 많은 진에게도 안성맞춤인 나라였다.

총 35일 중 이틀은 오고 가는 시간으로 빠지고 33일이 남았다. 평소의 여행 때처럼 일정 짜는 건 내 담당이었다. 여행은 준비할 때부터 이미 시작되는 것이기에 나는 일정 짜는 걸 즐기는 편이다. 게다가 진이 무조건적인 신뢰와 지지를 보내주는 덕에 마음껏, 편하게 할 수 있다.

책과 인터넷에 넘쳐나는 정보들을 참고삼아 구

체적인 일정을 짜기 시작했다. 이탈리아 북부 밀라노에서 남쪽 섬 시칠리아까지. 계획만으로도 가슴 벅찬 일주였다. 즐거운 여행을 위해 수칙도 세웠다.

한 도시에 이틀 이상 머물기
더 많이 보려고 욕심내지 않기
계획에 대한 강박 버리기

이름난 관광도시와 중소 도시를 번차례로 섞어 관광과 휴식의 조화를 꾀했다. 항공권과 숙소 예약은 물론, 미리 하면 가격이 많이 싼 이탈리아 현지의 기차나 배표도 일찌감치 예매했다.

긴 여행을 떠나기까지의 과정은 장편소설을 시작할 때와 다르지 않다. 오랜 기간 여행을 꿈꾸었던 것처럼 작품을 쓰기 위해서는 내용을 구상하는 시간이 필요하다. 이야기가 무르익어 세상에 꺼내놓을 때가 되면 보다 구체적인 준비를 해야 한다. 항공권을 구매하고 호텔과 기차표를 예약하듯 내 이야기를 제대로 펼쳐놓기 위해 세부적인 플롯을 짠다. 마침내 미지의 세계로 떠나듯 설레면서도 두려운 마음으로 쓰기를 시작한다. 멋진 작품이 될 거라는, 구상할 때의 자신만만함과 호기로움은 슬그머니 꼬리를 감추고 그저 내 마음속에 있는 것들을 제대로 꺼내놓고 무사히 마무리할 수 있기를 바라는 마음이 된다.

여행을 계획할 때만 해도 진과 나는 '우리는 여행 갈 시간과 돈을 만들기 위해 열심히 살았어. 한 달 동안 모든 것을 아낌없이 탕진하자. 여행지에선 영화처럼 드라마틱한 일들이 벌어질 거야.' 하며 신나 했다. 준비를 위해 만든 둘만의 커뮤니티 이름도 '흥청망청 이태리에서 한 달'이었다. 하지만 막상 출발일이 다가오자 설렘이나 흥분보다 별 탈 없이 지내다 무사히 돌아오기를 바라는 마음이 컸다.

쉰여덟 살 봄, 첫 문장을 쓰듯 우리는 떠났다.

알 수 없어 살 만한 인생

◇◇◇ 밀라노 ◇◇◇

첫 도착지인 밀라노에서는 한인민박에 묵을 계획이었다. 이탈리아어는 물론 못 하고 영어도 초보적인 수준인지라 언어가 가장 걱정이었다. 여행 첫 도시인 만큼 말이 통하는 한인민박에 사나흘 묵으며 실질적이고 구체적인 정보를 얻고자 했다. 그런데 숙박비가 턱없이 비싸거나 그마저도 빈방이 없었다. 가는 날이 장날이라고 하필 가구 박람회 기간이었다. 전 세계 가구 관계자들이 몰려들어 복작대는 도시 풍경이 상상됐다. 여행에서 피하고 싶은 1순위 상황이었다.

우리는 계획을 바꿔 첫날만 역 근처 호텔에서 자

고 다음 날 바로 베네치아로 떠나기로 했다. 밀라노 관광은 귀국길로 미뤘다. 첫 계획부터 어그러졌지만 크게 당황스럽지 않았다. 60년 가까이 사는 동안 확실하게 깨달은 게 하나 있다면 한 치 앞도 모르는 게 인생이란 말이 진리라는 사실이다. 여행과 관련해서도 이미 호되게 경험한 터였다.

여행을 두 달여 앞두고, 안과 수술을 했던 진의 눈에 문제가 생겼다. 염증이 생긴 데다 위험 수위로 오른 안압이 안 떨어진다고 했다. 주치의는 이 상태가 지속되면 수술을 해야 하고 여행은커녕 딸 결혼식조차 가지 못할 수 있다고 했다. 삶의 모든 촉수가 여행으로 향해 있던 때에 그런 날벼락이 없었다. 무엇보다 친구 건강이 걱정이었지만 여행 문제도 간단치 않았다. 여행 날짜를 바꾸거나 취소하면 특가로 예매한 비행기와 기차표, 다수의 호텔비는 날려버릴 상황이었다. 두 사람이니 만만치 않은 액수였다. 변경, 환불 불가 조건을 여행에 대한 확고한 의지의 표현이라 여기며 주저 없이 했던 선택이 발목을 잡았다.

금전적인 손실도 클뿐더러 상황상 이번에 못 가면 여행은 1년 뒤에나 가능했다. 그 1년은 10년보다 더 길게 느껴졌다. 진이 미안해하며 내게 혼자라도 다녀오라고 했다. 오랜 기간 함께 꿈꾸었던 길을 혼자 나서는 건 시작부터 맥 빠지는 일이었다. 이 여행은 진과 함께 해야 의미가 있다. 우리는 다음 해에 함께 가기로 결정했다. 결론지은 뒤에도 남아 있는 미련을 떨쳐버리고, 조금이라도 손해를 줄이기 위해 호텔 예약들을 취소했다. (일찌감치 예약해두었던 밀라노 한인민박도 이때 취소했다.)

하나하나 지도에서 위치와 동선을 따져보고, 별점과 고객 평을 읽어보고, 가격을 비교하며 심사숙고하는 동안 이미 가본 것처럼 정든 곳들이었다. 취소 버튼을 누를 때는 아직 사랑이 남아 있는 연인에게 이별을 고하는 것처럼 마음이 아팠다. 친구는 최악의 경우 한쪽 눈을 실명할지 모른다는데 여행 계획 틀어진 것에 애달파하고 있다는 사실에 죄책감이 밀려왔다.

결혼식을 치른 뒤 진에게 약 보따리, 유사시를 대

비한 영문 소견서와 함께 의사의 여행 허락이 떨어진 건 예정했던 출국 날짜 일주일 전이었다.

"금이야, 우리 여행 갈 수 있어!"

전화기 너머에서 들려오는 진의 목소리는 감격에 차 있었다. 그사이 치료만으로 상태가 호전된 데다 진이 버킷리스트라며 의사에게 애원한 덕분이었다. 나는 벅찬 심정을 밀쳐놓은 채 다시 부랴부랴 준비하기 시작했다. (그사이 밀라노의 한인민박은 마감이 됐거나 값이 껑충 뛰어 있었다.)

우리 여행은 그렇게 낙폭이 큰 롤러코스터에서 한바탕 휘둘리다 내려선 것처럼 정신없는 상태로 시작됐다. 덕분에 소소한 일정 변경 따위는 즐겁게 받아들일 만한 내성이 생겼다. 여행 중에도 숱하게 계획이 어긋나고, 예기치 못한 돌발 상황이 벌어질 테지. 인생은 한 치 앞을 알 수 없어 두렵지만 그 덕분에 겁 없이 내디딜 수도 있는 것이리라.

항공권은 로마를 경유하는 것이었다. 말로는 흥청망청 쓰자고 했으면서 정작 비행기표를 살 때는 직항이 아닌 경유로 끊었다. 차액으로 맛있는 걸 더 먹자고 하면서 말이다.

　　로마 공항의 환승 게이트는 가구 박람회에 가는 한국 사람들로 북적였다. 입국 심사관은 50대 후반 여성들인 우리가 가구 박람회에 가는 것도 아니면서 한 달 넘게 있는 게 이상하다는 듯 이것저것 물었다. 그럴수록 한 달 동안 이탈리아를 자유롭게 여행한다는 사실이 새삼 뿌듯해져, 심사관은 물론 다른 사람들한테까지 마구 자랑하고 싶었다.

　　환승 시간이 오래 걸린 탓에 국내선 비행기를 못 탈까 봐 조마조마했는데 밀라노행 비행기는 예정 시간을 40분이나 넘긴 뒤 출발했다. 밀라노 리나테 공항에 도착한 것은 밤 11시가 가까운 시간이었다. 늦은 밤, 마중 나오는 이도 없는 외국 공항에 내리는 것처럼 불안하고 쓸쓸한 일이 또 있을까. 혼자였으면 더 무서웠겠지.

　　호텔 바우처를 꺼내 기사에게 위치를 알려준 뒤에도 불안과 긴장은 가시지 않았다. 거리가 텅 빈 늦은 밤이어서 더 그랬다. 불안함이 무색하게 택시는 우리를 안전하게 목적지에 내려주었다. 리나테는 국내선 공항이라 시내와 멀지 않았다.

미터기에 찍힌 요금은 25유로였다. 30유로를 받은 기사는 뭐라 뭐라고 하면서 거슬러줄 생각을 안 했다. 우리는 나머지는 팁이라고 생각하며 쿨하게 오케이를 외쳤다. 아직 현지 돈에 대한 개념이 없는 데다 무사히 온 것만으로도 기뻐서였다. (택시비는 3만 원이 넘었고 팁으로 7천 원 가까이 준 셈이다.)

택시가 떠나고 호텔 앞에 서자 당황스러웠다. 당연히 있어야 할 환한 출입문과 로비, 친절하게 맞아줄 직원 대신 굳게 닫힌 나무문이 우리를 가로막고 있었다. 육중하고 위압적인 문이었다. 하룻밤 자고 떠날 거라 무조건 역에서 가깝고 저렴한 곳으로 고른 호텔은 업무용 건물 중 한 층만 사용하고 있었다. 기둥 옆에 층별 인터폰이 달려 있어 살펴보니 호텔은 6층이었다. 이탈리아에서의 첫 밤을 너무 형편없는 곳에서 묵게 하는 것 같아 진에게 미안했다. 벨을 누르고 투숙객임을 밝히자 문이 열렸다.

안으로 들어서니 천장이 높고 신전처럼 기둥이

서 있는 텅 빈 로비가 나타났다. 낮엔 건물을 드나드는 사람들로 활기찼을지 몰라도 한밤중에 보니 어둡고 휑해 무섭기까지 했다.

마치 불청객이 된 것 같았던 기분은 엘리베이터를 보는 순간 사라졌다. 오드리 헵번이 주인공인 흑백 영화에나 나올 법한 빈티지 엘리베이터였다. 이탈리아 건축물들은 오래돼 엘리베이터가 없는 곳이 많고, 있어도 나중에 공간을 내서 만든 거라 좁고 불편하다는 사실을 실제로 경험하는 순간이었다. 두 사람이 가방 들고 간신히 설 수 있는 크기의 엘리베이터에 타자 영화 속에라도 들어간 양 흥분이 몰려왔다. 덕분에 허름하고 좁고 불편한 호텔 방마저 흔쾌히 받아들일 수 있었다.

다음 날 아침 호텔 근처로 식당을 찾아 나섰다. 급히 예약하느라 조식을 신청하지 못했는데 하룻밤 자보니 안 하길 잘했다는 생각이 절로 들었다. 삐걱거리는 침대, 변기에 앉으면 맞은편 벽이 코에 닿을 것 같은 화장실, 씻고 싶은 마음도 사라지게 만드는 낡은

샤워부스……. 호텔 조식에 대한 기대가 조금도 안 생겼다.

신선하고 맑은 햇살 아래 나서니 이탈리아에서 맞이하는 첫 아침의 설렘이 밀려왔다. 진과 나는 우리나라의 백반집 같은 느낌이 나는 식당을 찾아 들어갔다. 출근길 주문대에 선 채 에소프레소를 마시는 사람들을 보자 이탈리아라는 게 실감 났다. 비록 그림을 보고 시켰지만 무사히 첫 음식도 주문했다. 에소프레소가 자신 없어 카페라테를 시켰는데 역시 커피는 이탈리아였다. 앞으로 한 달 동안 마시게 될 커피의 첫 잔이었다.

밀라노를 떠나기 전 중앙역 상가에서 현지 유심칩을 구매했다. 자그마치 30기가짜리에 부자가 된 듯했다. 펑펑 쓰다 남으면 다음 유럽 여행 때 사용하자며 좋아했다. (우리는 여행이 끝나도록 3기가도 채 쓰지 못했다. 게다가 한 달이라는 유효기간이 있어 다음 여행은커녕, 이번 여행이 끝나기도 전에 인터넷이 끊겼다.) 이제 한국과는 통화도 문자도 되지 않는다. 진짜 여행이 시작되었다.

진과 나는 한껏 부푼 마음으로 베네치아행 기차에 몸을 실었다.

두려움을 이기는 법

물의 도시 베네치아가 다가오고 있었다. 우리의 실질적인 첫 여행지는 잠만 잔 밀라노가 아니라 베네치아다. 창으로 펼쳐지는 목가적인 풍경에 가슴이 봄바람 난 처녀처럼 벌렁거렸다. 18년 만의 재방문이다. 나는 흥에 겨워 그때 기억을 떠들어댔다.

한 달 살기라도 했던 것처럼 아는 척했지만 실은 반나절 둘러본 게 다였고 '대단하다'는 것 외엔 좋은 기억도 없었다. 리알토 다리에서는 관광객이 많아 떠밀려 다녔고, 산마르코 광장에서는 비둘기 똥을 맞았으며, 수상버스를 타고 가다 맞은 물벼락에서는 쿰쿰

한 냄새가 났다. 그리고 그곳에서 먹었던 점심은 최악이었다. 외국여행이 처음이었던지라 음식 때문에 고생이 심했다. 피자도 파스타도 한국에서 먹던 맛과 다르고 너무 짰다. 중국집에 간다기에 얼큰한 짬뽕이나 단무지를 기대했는데 기름이 둥둥 뜨는 느끼한 탕이라니.

아무리 그랬어도 이탈리아가 처음인 진을 두고 베네치아를 빼놓을 순 없었다. 해수면이 높아져 언젠가는 물에 잠길 거라고 하던데 그전에 한 번 더 갈 수 있는 것도 행운이다. 마지막이 될 가능성이 높은 만큼 베네치아의 정취를 제대로 느끼고 싶어 호텔비가 더 비싼 본섬에 숙소를 정했다.

역을 나서자 정오의 햇살이 따갑게 내리쬐었다. 이동 수레를 가진 남자들이 호객행위를 하고 있었다. 우리는 울퉁불퉁한 길로 캐리어를 끌고 다니며 호텔 찾는 수고를 덜기 위해 가방을 맡겼다. 그런데 가보니 100미터도 안 되는 거리에 있었다. 살짝 돈이 아까웠지만 우리도 편하게 왔고, 짐꾼에게도 좋은 일 했다고 생각하기로 했다.

　우리 호텔은 수상버스 선착장, 식당과 카페, 상점들이 늘어선 여행자 거리에 있었다. (아직 호텔 주위와 중앙역 밖에 본 게 없지만) 밀라노와 분위기가 완전히 달랐다. 여행자들의 들뜬 얼굴에선 지금 베네치아에 있다는 기쁨과 자부심이 넘쳐흐르는 것 같았다. 우리 표정도 그럴 터였다. 진이나 나나 시끄럽고 번잡스러운 걸 딱 싫어하는 성격들이었지만 우리도 여행자임을 온몸으로 느낄 수 있게 해주는 그곳이 마음에 쏙 들었다. 빈티지한 호텔 간판조차 좋았다.

　시간이 일러 가방만 맡기려고 했는데 체크인을 해주었다. 건물 앞뒤로 여행자 거리와 운하를 두고 있으니 어떤 쪽으로 창이 난 방일까, 두근대면서 갔는데 옆 건물에 시야가 막힌 '전망 없는 방'이었다. 프런트에 다른 방을 물어보았지만 없다고 했다.

　여행을 못 가는 줄 알고 처음 예약했던 호텔을 취소하는 바람에 부랴부랴 다시 잡은 숙소였다. 그때를 떠올리면 여행을 온 것만도 어디냐,라는 생각에 마음이 한껏 넓어졌다. 호텔만 나서면 운하도, 거리도 코앞이니 방에서 보이지 않아도 상관없다.

전망을 포기한 우리 방은 구조가 특이했고, 건물에서 남는 자투리 공간을 다 몰아줬는지 방이고 화장실이고 쓸데없이 널찍했다. 싱글 침대 두 개로 꽉 찬 방과 변기에 앉으면 코가 벽에 닿을 듯했던 밀라노의 숙소에 비하면 궁궐 같았다. 우리는 작은 창문 너머로 풍겨오는 쿰쿰한 냄새를 모르는 척했다. 아직은 뭐든지 새로워 보이고, 좋게 받아들일 여유로 충만할 때였다.

가벼운 차림으로 갈아입고 호텔을 나섰다. 그리고 호텔 앞 가게에서 이탈리아에서의 첫 젤라또를 먹었다. 여행 내내 '1일 1젤라또'를 한 것 같다. 여러 맛을 먹어봤지만 피스타치오가 가장 맛있었던 나는, 여행 후반부에는 이별이 예정된 연인을 탐하듯 그것만 먹었다.

괴테는 《이탈리아 기행》에서 베네치아를 바다와 결혼한 여왕이라고 했다. 그는 베네치아에서 2주 넘는 시간을 보냈다. 괴테가 머물며 보고 듣고 느끼고 누린 것들과 견주어보면 우리가 묵을 이틀 밤은 '고작'으로 여겨졌다. 하지만 시간은 상대적이다. 반나절에 무라노까지 유명한 곳만 숨 가쁘게 돌아다녔던 처음에 비하면, 이번엔 오전에 도착해 오후에 떠나는 일정이라 시간상 꽉 찬 사흘이었다. 지난번에 갔던 무라노는 물론 부라노섬에 다녀올 시간도 충분했다.

갔던 곳을 또 여행하노라면 같은 책을 반복해서 읽을 때와 비슷한 느낌이 든다. 처음 읽을 때는 글쓴이의 의도를 따라가기에 급급하지만 두 번 세 번 읽다보면 전에는 미처 몰랐던 것도 보이고 나만의 시선으로 재해석할 여력이 생긴다. 베네치아도 마찬가지였다.

처음엔 유럽의 해상무역과 금융 중심지였던 시절의 영화를 말해주는 화려한 건축물들에 감탄하고, 현관문을 열면 바로 물이 있고 교통수단은 오로지 배뿐이라는 사실에 놀라기만도 바빴다. 그런데 느적느적 다니며 구경하다보니 여러 상념들이 끼어들었고, 가장 마지막까지 남은 단어는 '두려움'이었다. 그리고 그 프레임에 끼워 맞춰진 생각들이 꼬리를 이었다.

베네치아는 6세기경 훈족의 침략을 피해 온 로마제국 난민들이 건설했다고 한다. 바다는 어떤 성벽

보다 견고한 방어막이었을 것이다. 이민족의 침략이 얼마나 두려웠으면 바다 위에 도시를 세울 생각을 다 했을까. 하루 시간 내 다녀온 무라노와 부라노도 마찬 가지 같았다.

13세기, 유리 제품 만드는 게 큰 무기였던 베네 치아공화국은 원료와 연료를 모두 외국에서 수입해 야 했다. 정부는 모든 유리 장인들을 무라노섬에 강제 이주시켰다. 그 작은 섬에 유리 장인의 가족이나 판매 상까지 가둬놓고 섬 밖으로 도망치는 사람은 처벌하 였다.

장인들은 거주 이전의 자유를 박탈당한 채 무라 노를 세계 제일의 유리공예 지역으로 만들었다. (그들 의 심정에 이입하려는 감정을 그쯤이야, 하는 생각이 가로막 는다. 내가 감탄하며 보고 다니는 게 실은 대부분 침략과 약 탈, 억압과 지배로 점철된 인류사의 유산들 아니던가.) 유리 장인들을 섬에 가두었던 정부와 섬에 갇혀 살아야 했 던 장인들을 강하게 지배했던 건 기술 유출과 처벌에 대한 두려움이었는지 모른다.

부라노섬은 멀리서도 크레파스 상자를 연 듯 알

록달록한 색의 건물들이 시선을 끄는 곳이다. 고기잡이 나갔던 어부들이 짙은 해무 때문에 자기 집을 찾기 어렵자 알아보기 좋으라고 각기 다른 색을 칠한 데서 비롯됐다고 한다. 집으로 돌아가지 못할 수도 있다는 두려움이 찾아낸 묘안인 셈이다. (갖가지 색 건물이 큰 관광 상품이 된 지금은 정부에서 페인트를 나눠준다나.)

인간이 품고 있는 가장 근원적인 두려움은 죽음이라고 생각한다. 베네치아를 건설한 로마 난민들, 무라노의 유리 장인들, 부라노의 어부들이 가졌던 두려움의 궁극에는 죽음이 있었을 거다.

20대 초반 나는 이상, 전혜린, 아쿠다가와 류노스케 같은 요절한 작가들의 삶과 작품에 매료돼 있었다. 변변찮은 삶을 꾸역꾸역 사는 것처럼 비루한 일은 없어 보였다. 그 무렵 등단한 나는 목숨에 연연하는 걸 창피하게 생각했고, 언제 죽어도 괜찮다고 허세를 부렸다. (요절하면 저절로 천재 작가가 되는 줄 알았던 모양이다.)

그런데 스물아홉 살에 첫아이를 낳자 이제는 일

찍 죽을까 봐 겁났다. 요절하고 싶다던 때는 언제고 손바닥 뒤집듯 바뀐 생각이 낯 뜨거워 나는 그걸 책임 감으로 포장했다. 자식을 낳았으니 그들을 키워야 하고, 결혼할 때 곁에 있어줘야 하고, 자식들이 낳은 아이에게 할머니도 있어야 하고……. 죽음에 대한 두려움을 인정하자 삶이 그만큼 소중해졌다. 그리고 어느덧 60을 코앞에 둔 나이가 됐다. 나는 젊은 시절 비웃었던 꾸역꾸역 사는 삶을 통해 성장했고 또 그 삶을 질료 삼아 쓴 글로 밥벌이는 물론 존재 가치를 증명해왔다.

　　베네치아에서 보내는 둘째 날 밤, 진과 나는 저녁을 먹고 또다시 작은 운하와 다리로 이어진 거리를 돌아다녔다. 마지막이라는 생각이 계속 거리를 맴돌게 했다. 베네치아 구도심의 골목들은 한 사람 겨우 빠져나갈 수 있을 만큼 좁은 곳이 많다. 바다 위에 세웠으니 한 뼘 땅도 아까웠겠지. 그날 밤 우리는 미로 같은 골목에서 길을 잃었다. 거미줄처럼 복잡한 길에서 이정표나 인터넷 맵은 오히려 더 헷갈리게 만들었다. 이

길이 그 길 같았고, 저 광장이 그 광장 같았다.

진이 처음 불안해할 때까지만 해도 나는 길 잃은 게 무섭지 않았다. 길을 헤매는 것도 여행의 일부이고, 베네치아는 좁은 곳이라 어떻게 해도 호텔로 가게 될 테니. 그런데 시간이 지나자 우리가 아직 빠져나가지 못한 구도심의 불이 꺼지기 시작했다. 관광객은 물론 현지인들의 자취도 사라졌다. 인적 끊긴 좁은 골목엔 가로등이 없는 곳도 있었다. 두려움은 전염되는 것인지 나도 슬슬 무서워지기 시작했다. 우리는 길게 늘어난 자기 그림자에 놀라고 뒤에서 들려오는 발자국 소리에 움츠러들었다. 손을 잡는 것으론 두려움이 떨쳐지지 않아 팔짱을 끼고 꼭 붙어 서서 걸었다.

겨우 불이 환한 대운하 도로로 빠져나왔을 때 우리 손바닥은 축축하게 젖어 있었다. 나는 우리가 빠져나온 어두컴컴한 골목과 광장을 돌아다보았다. 골목과 건물들이 이마와 어깨를 맞대고 옹기종기 붙어 있는 것처럼 보였다. 건물들이 저렇게 붙어 있는 건 땅이 부족해서이기도 하지만 공포 때문은 아니었을까. 두려움을 이기는 힘은 옆 사람과 맞닿은 어깨에서, 그

와 함께 나누는 온기에서 나오는 거니까. 진과 내가
그랬던 것처럼. 지나온 내 삶이 그랬던 것처럼.

볼로냐의 환대

이탈리아 북부 소도시. 어린이책을 쓰는 작가들에게 볼로냐가 특히 친근한 이유는 해마다 열리는 국제아동도서전 덕분이다. 1963년부터 시작된 도서전은 오랜 역사뿐 아니라 세계 최대 규모로도 손꼽힌다.

엄청나게 넓은 박람회장에서 일주일 동안 전 세계 어린이책들이 전시되고 출판인과 화가, 작가들이 활발하게 교류한다. 인터넷으로 다 통하는 요즘에도 볼로냐 도서전 참관은 아동문학 관계자들의 위시리스트 중 하나일 것이다.

2000년, 2004년 도서전에 두 번이나 갔지만 개

최 도시인 볼로냐조차 제대로 보지 못했다. 참관단이 묵는 호텔은 두 번 다 볼로냐 외곽에 있었다. 비용 때문에 시내 외곽에 잡았을 텐데 뭘 모르던 그때는 어디 있든 무엇을 보든 외국이니 새로웠다. 새벽같이 일어나 마을을 구경 다니곤 했는데 영화에서 보던 대로 창에 나무 덧문이 달려 있는 것도, 우리와 조금씩 다른 밭 풍경도 모두 신기했다.

아침을 먹고 나면 버스가 도서전 참관단을 박람회장 앞에 내려주었다가 저녁에 와서 실어갔다. 우리 일행은 하루 종일 박람회장 안에서만 지냈다. 세계 각국 출판사들에서 차린 부스와 여기저기 전시된 일러스트들로 하루가 짧을 만큼 볼거리가 많기도 했지만 박람회장 밖으로 나가기 겁나서였다. 솔직히 그 이유가 가장 컸다.

마흔 살이었던 2000년도의 도서전 참관은 내 첫 해외여행이었다. 그 무렵 내 상황은 한가롭게 외국여행이나 할 처지가 아니었다. 남편이 시작했던 사업이 IMF로 부도가 나고 집도 경매로 넘어갔다. 금방 집을 비워줄 수 있는 형편이 아니었던 우리는 새 주인에게 월세를 내고 살아야 했다. (내 아이들과 글을 쓰는 일 덕분에 그 상황을 견딜 수 있었다.)

나는 남의 집이 된 방에서 장편동화《너도 하늘말나리야》를 썼다. 그 책이 독자들로부터 큰 호응을 받은 터라 출판사에서 포상으로 볼로냐 도서전에 보내주었다. 도서전 참관단을 위한 7박 9일 패키지였는데 도서전 이틀, 나머지는 남프랑스를 여행하는 일정이었다. (베네치아 투어는 도서전 참관 중 하루를 빼내 다녀왔다.)

요즘은 돈과 시간만 있으면 외국여행이 이웃집 가는 것처럼 만만해졌지만 그 당시엔 쉽지 않은 일이었다. 모든 게 낯설고 서툴렀다. 출입국 신고서를 쓰느라 쩔쩔맸고 (미들네임 쓰는 칸에 이름 가운데 자인 '금'을 썼던 해프닝도 있었다.) 외국 승무원에게 물 한 잔 주문할 때도 큰 용기를 내야 했다. '아이 엠 쏘리' '땡큐' 같은 간단한 영어조차 입이 떨어지지 않았다. 파리 공항에서 비행기를 환승할 때는 국제미아라도 될까 봐 유치원생처럼 인솔자를 졸졸 따라다녔다. 그러니 볼로냐에서 박람회장 밖으로 나가볼 엄두조차 내지 못했던 거다.

2004년 봄, 첫 청소년 소설《유진과 유진》을 끝내놓고 갔던 두 번째 여행에서도 달라진 건 없었다. (그때는 스페인 패키지를 선택했고 도서관 참관일 중에서 하루를 빼 피렌체 투어를 다녀왔다.)

유럽에서 가장 오래된 대학이 있는 도시, 중세의 모습을 잘 간직한 도시, 볼로냐파 회화로 유명한 도시, 멋진 회랑의 도시라는데 내가 본 거라곤 도서전이 열리는 박람회장뿐이었다. 볼로냐를 떠올릴 때마다 땅 한번 제대로 밟아보지 못한 게 못내 아쉬웠다.

이번 여행지 중 볼로냐는 전적으로 내 사심을 채우고자 택한 곳이었다. 그사이 여행 경험이 쌓인 만큼 다시 찾아가 도시 곳곳을 자유롭게 다니며 가슴속에 남아 있는 아쉬움을 떨쳐버리고 싶었다. 그리고 14년 만에 마침내 볼로냐 중앙역에 도착했다. 앞선 두 번은 출판사에서 보내주었지만 이번엔 내 돈 내고 스스로 다시 찾아온 거다. 방향치인 나 대신 길 찾기를 맡은 진이 휴대폰 맵을 들여다보는 옆에서 나는 새삼스레

감회에 젖었다.

호텔로 가는 길은 줄지어 선 기둥 위에 아치형 지붕을 덮어 복도처럼 보이는 아케이드에서 아케이드로 이어져 있었다. 약 1천 년 전에 설립된 볼로냐 대학의 단과 대학들은 시내 곳곳에 흩어져 있었다고 한다. 길이가 무려 40킬로미터에 이르는 회랑은 단과 대학들로 이동해야 하는 학생들을 위해 만들어진 것이다. 무거운 책을 든 학생들이 비나 햇빛을 피해 편하게 다닐 수 있도록 말이다.

이래서 대학의 도시, 회랑의 도시라고 하는구나. 내일은 넵튠 광장에도 가고 볼로냐파의 그림도 볼 거다. 물론 유럽에서 가장 오래됐다는 대학가에도 가봐야지. 골목골목, 거리거리를 마음껏 쏘다닐 테다.

나는 나이를 거슬러 더 젊어진 기분이 됐다. 한편으론 다른 사람 도움 없이는 한 발자국도 못 떼던 아이에서 어엿한 어른으로 성장한 것 같기도 했다. 어떤 쪽이든 더 젊어지고 더 성장해서 다시 왔다. 회랑의 기둥들도 그런 나를 맞이하기 위해 도열한 듯했다. 스스로가 자랑스럽고 뿌듯해진 나는 허리를 꼿꼿하게 펴고 힘차게 발을 내뻗었다. 무거운 캐리어마저 가볍게 여겨졌다.

호텔에 도착해 당당하게 바우처를 내밀었는데 직원은 예약이 안 되어 있다고 했다. 여행을 못 갈 줄 알고 예약들을 취소했을 때 볼로냐의 호텔은 환불 불가 상품이었기에 취소 버튼을 누르는 순간 비용이 지불됐다. 발 한 번 디뎌보지 못하고 몇십만 원을 날린 거다. 예정대로 떠날 수 있게 됐을 때 혹시나 하고 중개업체에 예약 복구 요청 메일을 보냈다. 규정상 복구되지 않더라도 감수하겠다고 썼는데 얼마 안 돼 업체로부터 전화가 왔다.

"호텔에서 가능하다고 합니다. 그냥 전의 바우처를 가지고 가시면 돼요."

그즈음 숙박 중개업체들의 횡포와 관련된 뉴스가 여러 번 나왔다. 내 경우는 환불 불가라고 규정에 명시돼 있는 거라 큰 기대 안 하고 있었는데 희소식이 온 거다. 볼로냐가 출발 전부터 나를 환영하는 듯했다. 그런데 호텔에선 막상 예약 복구가 안 돼 있다니.

나는 당황해서 짧은 영어로 그간의 상황을 설명

했다. 하지만 지배인까지 나와 장부를 보여주며 예약 취소 내용만 있을 뿐 복구 기록은 없다고 했다. 중개 업체로부터 전화로 들은 말이라 증명할 만한 문서도 없었고 녹음도 해놓지 않았다.

우리에겐 두 가지 선택지밖에 없었다. 그 호텔에 다시 방값을 지불하고 객실을 잡거나 다른 호텔을 찾아가거나. 빈방은 두 배나 비싼 스위트룸 밖에 없었다. 이미 값을 치른 호텔에서 스위트룸 비용을 더 내고 묵는 건 억울한 일이었다. 다른 호텔을 예약하기는 어렵지 않았지만 다저녁때에 가방을 끌고 이동할 생각을 하니 막막함과 동시에 피곤이 이자까지 쳐서 몰려왔다.

나는 평소 귀찮다는 말을 입에 달고 살며 실제로도 웬만한 일은 다 귀찮아하는 편이다. 그 때문에 어떤 일이 벌어졌을 때 해결하는 과정을 지레 포기하고 편안함을 택하는 경우가 많다. 더구나 영어로 시시비비를 가리는 일은 시작부터 엄두가 나지 않았다. 그래도 나 혼자만의 일이 아니라 섣불리 결정을 못 내리고 있는데 지켜보고 있던 진이 말했다.

"다른 델 언제 찾아 가. 그냥 여기 묵자. 여행 못 왔으면 몇백만 원도 날릴 판이었는데, 몇십만 원쯤이 야 떡 사 먹은 셈 쳐."

나는 냉큼 그 의견을 받아들였다. 우리는 몇십만 원쯤 우습게 아는 갑부 코스프레를 하며 계산을 하고 스위트룸에 짐을 풀었다. 며칠 동안 한방에서 복닥거리다 각자의 공간이 생기니 어쨌거나 좋았다.

"그래. 이런 기회 아니면 언제 스위트룸에서 자 보겠어."

옆 사람 신경 쓸 것 없이 맘껏 어지르며 신나 하다가도 가외로 지출된 방값을 생각하면 속이 쓰렸다. 무엇보다 볼로냐에 와서 느꼈던 뿌듯함과 자랑스러움이 훼손된 것 같아 개운치 않았다. 중개업체에서 예약 복구됐다고 했으니 분명히 호텔 측의 착오인데 그냥 받아들이면 박람회장 밖으로 나가볼 시도조차 안 했던 18년 전과 달라진 게 없지 않은가. 그동안 포기하거나 타협하고, 그게 낫다고 합리화까지 하며 피한 일이 얼마나 많았던가. 이번에도 그렇게 넘어가면 볼로냐의 기억은 또다시 아쉬움으로 남으리라. 환대받을 자격이 있는지 볼로냐가 날 시험하는 것도 같았다.

　나는 휴식을 미룬 채 휴대폰을 붙잡고 중개업체에 상황을 설명하는 메일을 썼다. 밤낮이 달라 연락 한 번 주고받으려면 시간이 걸렸다. 계속 메일이 오가고, 드나들 때마다 호텔 직원과 그 문제로 실랑이를 벌였다.

　호텔 측은 우리가 체크아웃하는 날에야 자신들의 착오를 인정하고 환불해주었다. 결과적으로 우리는 먼저 예약한 비용으로 스위트룸에서 묵었다. 돈도 돈이지만 문제를 피하지 않고 대응해서 해결했다는 기쁨이 컸다. 시험을 통과한 내게 볼로냐가 준 상이었다.

질투는 나의 힘

피렌체에 머무는 내내 배가 아팠다. 피렌체는 다 알다시피 르네상스가 시작되고 화려하게 꽃피운 도시다. 메디치 가문의 후원을 받아 미켈란젤로, 보티첼리, 레오나르도 다 빈치, 브루넬레스키 같은 당대의 천재 예술가들이 영감을 주고받고 경쟁하며 예술혼을 불사르던 곳이다. 그리고 그들이 남긴 회화, 건축물을 비롯한 예술작품들을 보기 위해 전 세계의 관광객들이 모여드는 곳이다.

우리도 여느 관광객들처럼 피렌체 대성당을 비롯해 '천국의 문'이 있는 산 조반니 세례당 등을 관람

하기 위해 두오모 통합권을 예매했다. 메디치 가문의 미술품이 소장된 우피치 미술관은 가이드 투어도 신청했다.

어딜 가든 눈앞에 있다는 게 믿기지 않는 건축물과 예술작품들이 넘쳐났다. 감탄사를 연발하면서도 한편으론 샘이 났다. 피렌체 사람들은 다른 나라 사람들이 일생에 한 번 와서 구경할까 말까 한 두오모를 동네 흔한 예배당 보듯이 지나다니겠구나. 피렌체 아이들은 유치원 때부터 우피치 미술관으로 현장 학습을 가겠지. 진이 버킷리스트로 보는 그림이며 조각들을 "뭐 볼 게 있다고." 하며 자랄 거야.

갈 만한 곳을 찾아 피렌체 시내 지도를 보던 중 피티 궁전과 보볼리 가든이 눈에 들어왔다. 생소한 곳이라 열심히 검색해보았다. 결론부터 말하자면 피티 궁전은 질투의 힘으로 지어진 곳이었다.

은행가 루카 피티는, 말이 금융업이지 고리대금업으로 시작한 메디치 가문이 부는 물론 명예와 권력까지 쥔 사실이 부럽다 못해 배가 아팠을 것이다. 그

래서 메디치 궁의 현관문만큼 큰 창과 메디치 궁 전체
가 들어갈 만한 뜰을 가진 최고의 집을 짓고자 했다.
하지만 말년에 형편이 어려워진 피티는 건물이 완공
되는 걸 보지 못하고 죽었다. 그리고 얄궂게도 그 궁
은 1549년 메디치 가문에 매각돼 그들의 주거 공간으
로 쓰였다.

5세기가 지난 지금 메디치가 아니라 피티 궁전
이라고 불리고 있으니 그걸로 루카 피티의 한이 조금
이나마 풀렸으려나. 나는 피렌체와 거의 동의어로 역
사에 남은 메디치 가문보다 루카 피티가 더 끌렸다.

어릴 적 우리 집은 가난했다. 봉지쌀을 겨우 사
먹는 게 다반사였고, 학교에 가져가야 할 준비물을 못
사거나 육성회비를 제때 못 내는 적도 많았다. 그런데
도 아버지는 쌀 대신 책을 사고, 육성회비를 내주는
대신 영화나 연극을 보여주곤 했다. 가정보다 자신을
더 사랑하는 낭만주의자 아버지와 그런 남편 때문에
지독한 현실주의자가 돼야 했던 엄마는 당연히 갈등
이 심했고 불화도 잦았다.

부잣집 아이들도 보지 못한 영화나 연극을 본 다음 날 준비물이나 육성회비 때문에 선생님께 혼날라치면 나는 우리 집이 잘사는 건지, 못사는 건지 헷갈렸다. 그리고 아이들이 알지도 못하는 영화나 연극을 보는 것보다 육성회비 제때에 내고, 예쁜 옷 입고 군것질 잘하는 게 더 부럽고 샘났다. 그 마음을 해소할 수 있었던 건 아이러니하게도 아버지가 사준 동화책이나 보여준 영화, 연극 덕분이었다.

서너 살 때부터 할머니의 옛날이야기를 들으며 이야기의 매력을 일찌감치 알았던 나는 공상을 즐기는 아이였다. 나는 소공녀 세라처럼 상상해낸 이야기로 욕망과 결핍을 해소하곤 했다. 작가가 된 뒤에도 크게 다르지 않았을 거다. 오랫동안 동화를 썼지만 이 땅의 어린이를 위해서라고 내세우기는 어렵다. 욕망과 결핍을 품은 채 가슴속에 남아 있는 어린 나를 위해서였다는 게 더 솔직한 말일 거다.

내 안의 이야기를 풀어내고 싶다는, 지극히 개인적인 열망에서 글쓰기를 시작했던 내가 조금이라도 문학적으로 성장했다면, 그 배경엔 질투심이 가장 큰 자리를 차지하고 있을 것 같다. 나보다 잘 쓴 남의 글에 나도 모르게 푹 빠져 읽다보면 문득 질투심에 마음이 아려오는 걸 느낄 수 있다. 물론 단순한 시기심이라기보다는 부러움, 존경, 자괴감, 깨달음, 다짐 등이 뒤범벅된 복합적인 감정이다.

나는 왜 이런 소재를 생각해내지 못했지? 나도 비슷한 경험을 했는데 왜 그걸 쓸 생각을 안 했지? 스토리텔링, 문장, 플롯, 주제……. 완벽한 작품일수록 질투심은 커진다. 작가 정신을 불사르는 데 그만큼 강력한 연료도 없다.

질투심이 남겨놓은 유산, 피티 궁전은 피렌체를 끼고 흐르는 아르노강 건너에 있다. 온갖 예술품으로 가득한 피티 궁전 내부 못지않게 궁전 뒤편 언덕배기에 펼쳐진 보볼리 정원도 좋았다. 15헥타르나 된다는 정원엔 분수와 조각상, 박물관, 숲엔 오솔길도 있었다. 정원 여기저기 가족, 연인, 친구 사이로 보이는 사람들이 앉거나 누워 있었다. 햇빛과 바닥만 있으면 아무데나 누울 수 있는 그들이 부러웠다. 언덕에서는 피렌체 시내가 보였다.

피렌체에서의 마지막 저녁, 우피치 미술관에서 엄청난 대작들의 향연을 누리고 나오니 해가 뉘엿뉘엿 지고 있었다. 마지막 일정은 강 건너 언덕에 있는 미켈란젤로 광장으로 잡았다. 보볼리 정원에서 피렌체의 낮을 봤으니 야경도 보고 싶었다.

《신곡》을 쓴 단테가 베아트리체를 처음 만난 장소라는 베키오 다리를 건너, 골목길을 따라 미켈란젤로 광장에 올랐다. 광장 가운데 서 있는 복제품 다비드상이 피렌체 시내를 굽어보고 있었다. 시뇨리아 광장의 다비드상은 미소년 같았는데 언덕 위의 청동상은 피렌체 사람들을 보호해줄 것처럼 늠름해 보였다.

미켈란젤로 광장에는 관광객뿐 아니라 산책 나온 주민들도 많았다. 가수가 버스킹을 하고, 청춘들이 노래에 맞춰 춤을 추고, 연인들이 젤라또를 사먹고, 아이들이 풍선을 든 채 뛰어다니고…….

해가 저무는 동안 언덕 위의 광장은 관광지가 아니라 일상의 공간으로 바뀌어갔다. 해가 붉은 자락을 남긴 채 산 너머로 지는 순간 광장에 있던 모든 사람들이 함성을 지르며 박수를 쳤다. 그 순간 우리가 함께라는 느낌이 들었다.

진과 내가 예술의 도시 피렌체에서 가장 먼저 한 일은 잡화점에 가서 자물쇠를 산 것이다. 외출할 때 메고 다니는 백팩에 자물쇠를 채우라는 민박 주인의 권유 때문이었다. 좀도둑의 목표물은 당연히 여행객이고 그중에서도 동양인, 여자가 표적이 되기 쉽다고 했다. 여행 전부터 이탈리아의 좀도둑이나 소매치기 이야기를 익히 들었던 터였다.

우리는 잡화점에서 연인들이 사랑의 증표로 다리 난간에 걸 법한 빨간색 하트 모양 자물쇠를 샀다. (너무 튀었지만 그것밖에 없었다.) 그런 다음 가방뿐 아니라 마음까지 걸어 잠근 채 사람들을 경계하고 의심했다. 철저히 관광객이었던 나는 하나라도 더 봐야 한다는 강박에 초조했고, 보지 못한 것들에 대한 아쉬움으로 애달팠다.

피티 궁전의 잔디밭에서도, 시뇨리아 광장에서도, 성당들 앞에서도, 시장에서도 나는 모든 것을 거저 얻은 듯한 피렌체 사람들을 질투하는 이방인이었다.

하지만 노을은 자연, 사람, 구조물을 나누지 않고 공평하게 붉은빛으로 물들였다. 비로소 피렌체에 스며드는 느낌이었다. 그 유명한 다비드상과 천국의 문 진품도 못 보고, 조토의 종탑에도 올라가지 못했지만 그것으로 충분했다.

욕심의 무게

◇◇◇ 시에나 ◇◇◇

호텔은 시에나 역사지구 안에 있었다. 시에나는 12~14세기 이탈리아 도시국가들 중 최고로 번성했던 나라에 속한다. 여행 오기 전 다큐멘터리에서 같은 토스카나 지역에 있는 시에나와 피렌체에 얽힌 재미있는 일화를 보았다.

두 도시 국가의 성주들은 군사 요충지 키안티 지역을 차지하기 위해 전쟁을 벌였다. 전쟁이 길어지고 희생자가 늘어나자 양국은 전쟁을 끝내기로 합의한다. 대신 날짜와 수탉 한 마리씩을 정한다. 시에나는 흰 수탉, 피렌체는 검은 수탉. 약속한 날 각자의 수탉이 우는 시간에 출발한 양쪽 기병이 서로 만나는 지점을 국경으로 삼기로 한다. 아이들의 땅따먹기 놀이도 아니고, 진짜인가 싶을 정도로 순진하고 귀여운 방식이다.

두 국가가 수탉을 길들이는 방식도 우화에나 나올 법하다. 시에나는 흰 수탉이 결전의 날에 일찍 우렁차게 울기를 바라면서 아주 잘 먹인다. 반면 피렌체는 검은 수탉을 저녁마다 굶긴다. 결과는 피렌체의 승리였다. 배부른 시에나의 흰 수탉은 일찍 일어날 이유가 없었지만 저녁을 굶은 피렌체 수탉은 새벽같이 일어나 먹이를 달라고 울어댄 것이다. 덕분에 일찍 출발한 피렌체 병사는 시에나성 1.6킬로미터 거리까지 다가갔고 그 결과 피렌체는 대부분의 영토를 차지했다.

인간은 강자보다 약자, 승자보다 패자한테 마음이 기울기 마련이다. 현재까지 그 시대의 영광과 영화를 누리고 있는 피렌체를 막 떠나온 나는 도착하기 전부터 시에나 편이었다.

버스 정류장에서 내려 한참을 걷다 모퉁이를 돌자 눈앞에 중세도시 전경이 펼쳐졌다. 그 풍경만 봐서는 흰 수탉이 늦게 울던 그 순간에서 멈춘 것 같았다. 탄성을 지르며 사진을 찍어낸 뒤 호텔로 향하던 진과 나는 계단 앞에서 현실로 돌아왔다. 그리고 좌절했다. 완만한 내리막 계단이지만 정류장에서부터 캐리어를 끌고 돌길을 걸어오느라 이미 지친 상태였다. 한 계단 한 계단 가방을 들고 호텔 문 앞에 다다른 우리 입에 서 '헉' 소리가 저절로 나왔다.

　호텔은 바깥 길보다 마당이 깊은 구조였는데 깊 어도 한참 깊어, 제법 가파른 계단을 내려가야 했다. 낑낑대며 내려가는데도 가방 들어주러 나오는 사람 이 없었다. 체크인을 하고 방 위치를 아는 순간 우리 는 또다시 암담해졌다. 우리 방은 내려왔던 계단을 다 시 올라가야 하는 곳에 있었다. 투숙객의 편의는 뒷전 인 듯한 호텔 구조는 아무래도 고행이 생활이었을 수 도원을 리모델링한 것 같았다.

　여행을 준비하면서 나는 유럽이 처음인 진에게 돌로 만들어진 도로, 에스컬레이터나 엘리베이터가 없는 호텔을 설명하며 누누이 일렀다. 가방이 무거우면 여행의 질이 낮아지니 짐을 최대한 적게, 가볍게 싸라고. 물론 스스로도 다짐했다.

"그래, 엄마. 기내용 가방만큼만 가져가."

딸이 말했다.

"암만 그래도 한 달 넘게 있는데 기내용은 너무 작지. 큰 가방에 반만 담아 갈 거야."

나는 위탁 수하물용 가방을 펼쳐놓고 짐을 싸기 시작했는데 다짐은 어디 가고 평소에 없던 준비성이 새록새록 생겼다. 여행 기간 동안 이탈리아 날씨는 기온차가 심했다. 추위에 떨다 감기 걸리거나, 냄새 나는 옷을 입고 다니는 모습이 떠올랐다. 청바지와 티셔츠 두어 개씩만 가져가서 빨아 입자던 계획과 달리 가방엔 이른 봄부터 한여름 옷까지 담기기 시작했다.

운동화만으론 부족해. 바닷가에선 샌들을 신어야지. 만일 샌들 끈이 끊어지기라도 하면? 신발도 신고 가는 것 외에 두 켤레를 더 넣었다. 하루에도 몇 차례씩 열이 올랐다 내렸다 하는데 체온 조절하고 스타일 살리는 데는 스카프가 짱이야. 부피도 무게도 안 나가니 몇 장.

화장품, 각종 약, 영양제, 우산, 아무리 두꺼워도 가이드북은 필수. 노천카페에 앉아 커피 마시며 읽을 문고본 책 몇 권……. 그래도 아직 가방 안은 여유가 있었다. 일정은 국토대장정급으로 짰으면서 가방은 리조트 가는 것처럼 쌌다고 식구들이 걱정 삼아 놀렸지만 나는 가방을 꽉 채우지 않은 것만으로 흡족했다.

공항에서 잰 진과 나의 가방 무게는 약속이나 한 듯 똑같이 20킬로그램에 육박했다. 그때까지는 가방의 무게를 실감하지 못했다. 이탈리아 공항을 나와 돌조각 모자이크로 이루어진 길에 서자 가방은 200킬로그램처럼 여겨졌다. 그뿐 아니라 수많은 턱과 계단들이 점점 더 체감 무게를 높였다. 여행 내내 우리가 끌고 다녀야 할 짐이었다. 무게나 부피가 늘어날 일은 많았지만 줄어들 것은 화장품과 약 따위가 고작이었다. 가방 때문에 우리는 여행자가 아니라 순례자가 된 느낌이었다.

방까지는 다행히 직원이 가방을 옮겨주었다. 나무 서까래가 그대로 보이고 회벽으로 된 방은 소박하고 정갈했다. 침대에 누우면 마치 시골 대청마루에 있는 것처럼 편안했다. 좁고 긴 아치형 창문으로는 성당의 작은 종탑이 보였다. 가방 끌고 온 수고를 위로하듯 맑고 경쾌한 종소리가 들려왔다. 뒤이어 다른 곳에서 울리는 둔중하면서도 그윽한 종소리가 이어졌다.

그동안 거쳐 온 도시마다 종탑이 있었지만 한 번도 오른 적은 없었다. 베네치아 산마르코 광장의 탑은 긴 줄 때문에 포기했고, 볼로냐에서는 더 유명한 피렌체 조토의 종탑이나 두오모 쿠폴라에 가려고 미루었다. 하지만 피렌체에서도 예약해놓은 시간을 놓쳐 오르지 못했다. 시에나에도 최초의 종지기 별명을 따 '만자의 탑'이라 불리는 종탑이 있었다. 나는 반드시 그 탑에 올라 토스카나의 평원을 보리라 다짐했다.

인공적인 소음이라고는 들리지 않는 방에서 숙면을 취하고 다음 날 새소리와 종소리에 잠이 깼다. 행복했다. 어디선가 본, 이탈리아 사람들이 노년에 살고 싶은 도시 1위라는 게 이해됐다.

감기 기운이 있는 진은 쉬기로 하고 혼자 호텔을 나섰다. 하루를 시작하는 시간에 낯선 도시를 걷고 있노라면 삶의 현장에서 벗어나 있다는 즐거움이 배가 된다. 건물 1층의 상점들은 문 열 준비를 하고 있었고 2층 어떤 집에선 이불을 터는 골목을 지나 캄포 광장에 도착했다.

표를 산 뒤 탑 안으로 들어가 좁은 나선형 계단을 조금 올라가자 본격적인 입구와 가방 보관소가 나왔다. 가방은 물론 물조차도 가져갈 수 없었다. 작은 배낭마저 맡기고 나자 몸은 날개라도 달린 것처럼 가벼웠다. 캐리어를 들고는 내리막 계단도 겨우 갔던 나는 끝없이 이어지는 계단을 사뿐사뿐 디뎠다.

드디어 종탑 꼭대기에 다다르자 가까이는 캄포 광장과 시에나 시가지, 그리고 드넓게 펼쳐진 토스카나 평원이 보였다. 전쟁이 벌어지던 장소이며 피렌체 기병이 달려오던 길일 것이다. 모든 역사를 가슴에 품은 평원은 한없이 평화로워 보였다. 나는 정신없이 카메라 셔터를 눌러댔다. 눈에 보이는 풍경을 제대로 담기 위해 같은 장소를 찍고 또 찍다 우두커니 서 있는 사람을 보았다. 그는 그저 풍경을 바라보고 있었다.

문득 내 가방이 떠올랐다. 익숙하고 편안해진 것

들을 놓지 않으려는 욕심의 집합체였다. 그 무게 때문에 여행의 즐거움이 얼마나 반감되는지 이동할 때마다 뼈저리게 느끼는 중이었다. 기차를 타고 가다 풍경이나 역 이름에 끌려 충동적으로 내리는 낭만을 꿈꾸었으나 가방을 생각하면 악몽이 됐다. 무거운 가방을 들고 기차를 오르내리는 것도 큰일이었지만 빈 짐칸을 찾기도 어려웠다. 짐칸에 넣지 못하면 가방은 애물단지가 됐다. 부피가 커서 선반 위에 올릴 수도 없었다. 당장 시에나를 떠날 때 오르막 계단을 끌고 올라갈 일이 걱정이었다.

그런데도 나는 또 욕심을 부리고 있었다. 사진도 그 순간을 소유하려는 욕심에서 비롯된 게 아니고 무엇이겠는가. 그 순간을 가지려고 나는 그 멋진 공간과 시간을 온전히 즐기는 대신 뷰파인더만 보고 있었다.

욕심의 무게는 다름 아닌 삶의 무게다. 그동안 내게 지워진 삶의 무게를 힘겨워하며 살았으면서, 짐을 벗어던지고 자유로워지자고 떠난 여행에서조차 나는 욕심을 버리지 못하고 있었다.

모든 신들의 신전

◇◇◇ 로마 ◇◇◇

시에나에서 로마로 가는 시외버스는 거의 두 시간이나 늦게 출발했다.

전날 예매해둔 표를 가지고 승강장에 가서 기다렸으나 시간이 됐는데도 버스가 오지 않았다. 승강장이 많아 우리가 잘못 서 있는 건지 모른다는 불안함에 이곳저곳 살피느라 신경이 곤두섰다. 줄 선 사람들에게 물어 우리가 제대로 찾은 것은 확인했지만 버스는 출발 예정 시간을 한 시간 넘기고도 오지 않았다. 10~20분은 몰라도 한 시간 넘게 안 오다니.

두 시간 가까이 기다린 끝에야 버스가 왔다. 버스

기사는 늦은 이유에 대한 설명은커녕 기다리게 해서 미안하다는 말조차 없었다. 나는 말도 안 되고, 깜냥도 못 돼 끽소리 못 하고 버스에 탔다. 바른말 잘하고 불의를 못 참는 누군가가 대신 나서서 따지고, 항의해주길 바랐지만 아무도 그러지 않았다. 다 나 같은 건가. 아니면 연착이 다반사인 건가. 알지 못한 채 버스는 로마로 향했다.

로마에선 일주일을 묵는다. 한 도시에 일주일을 할애한 건 시칠리아와 로마뿐이다. 그만큼 기대가 크다는 뜻이다. 숙소는 호텔과 한인민박으로 반반씩 나누어 잡았다. 두 곳 다 돌아다니기 편한 도시 중심에 있었지만 며칠은 호텔이 주는 편안함을, 또 며칠은 조식으로 나오는 한국 음식을 누리기 위해서였다.

터미널에 내려 택시를 타고 호텔로 갔다. 차창 밖으로 보이는 건축물과 조각상들만으로도 고대 로마로 들어선 기분이었다. 호텔에 도착해 바우처를 건네고 체크인을 기다리는데 뭔가 분위기가 어수선하고 수상했다. 예약이 안 됐나? 아님 뭐가 잘못됐나? 오늘 아침 출발부터 꼬이더라니. 얼마를 불안한 마음으로 기다린 끝에 직원이 우리가 들기로 했던 방에 뭔가 고장났다며, 미안하지만 다른 호텔로 옮겨줘도 되겠는지 물었다.

호텔도 업그레이드해주고 (도시세만 내면 된다고 했다), 거기까지 택시비도 대주겠다고 했다. 방에 문제가 생긴 게 아니고 오버부킹이었던 눈치다. 위치가 어디냐고 했더니 바티칸 근처라고 했다. 바티칸! 마침 내일 바티칸 투어를 예약해놓았다. 오케이. 호텔마다 따로 내야 하는 도시세는 얼마 안 하니 우리로서는 왔다 갔다 하는 시간 외에는 크게 손해 볼 게 없었다.

눈길 닿는 곳마다 근사한 건축물과 조각상들이 널려 있어 택시를 타고 가는 길 자체가 시내 투어나 다름없었다. 옮긴 호텔은 입구부터 잘 손질된 정원에 야자나무가 서 있고 천장 높은 로비도 넓고 화려했다. 야외 정원과 수영장까지 있는 호텔은 이탈리아에 와서 처음이다. 방 인테리어도 고급스럽고 전망도 좋았다.

뜻밖의 횡재에 신이 난 우리는 탐험에 나선 아이들처럼 여기저기 돌아다녔다. 근사한 레스토랑, 작은 쇼핑몰, 수영장, 산책길, 야외 카페테리아……. 레스토랑에 가서 다른 곳보다 1.5배는 비싼 저녁을 먹고 와인도 한 잔씩 하며 호텔에 걸맞은 기분을 냈다. 그때는 미처 알지 못했다. 그 호텔이 가진 문제점을.

다음 날은 아침 일찍 바티칸 투어 미팅 장소로 가야 했다. 택시를 부를까 하다 우리는 로마의 지하철을 경험해보기로 했다. 호텔에서 15분 정도 거리에 있는 역에서 가이드와 만나기로 한 장소까지 몇 정거장 안 됐다. 이른 아침, 신선한 공기를 마시며 이국의 거리를 걷는 기분은 각별하다. 15분쯤이야.

진과 나는 들떠 호텔을 나섰다. 호텔 주변은 마당 넓은 주택들뿐 한적했다. 호텔 있는 곳이 교외 고급 주택지인 모양이었다. 우리는 나중에 동네도 구경하기로 하고 지도 앱이 시키는 대로 큰 도로로 나갔다.

그런데 화려한 호텔이나 동네 풍경과는 달리 도로 주변은 방치된 빈터나 공장, 흉물스러운 건물들이 연이어 있어 분위기가 을씨년스러웠다. 게다가 인도도 제대로 갖춰지지 않아 길 가장자리로 조심조심 걷다 차가 쌩쌩 지나칠 때면 담벼락에 몸을 붙여야 했

다. 늦은 시간에 이 길을 걷는 건 무리였다. 우리 호텔
은 대중교통이나 도보를 애용하는 자유여행객보다는
전세 차량을 타고 다니는 단체여행객에게 적당한 곳
이었다.

　　바티칸 투어에 이어 시내 야경 투어를 했다. 해질
녘 콜로세움에서부터 시작해 고대 로마인의 주거지였
던 포로 로마노, 시청이 있는 캄피돌리오 언덕, 베네치
아 광장, 트레비 분수를 거쳐 판테온 앞에 도착했다.
　　"판테온은 만신전이라고도 하는데 그리스어로
모든 신들의 신전이라는 뜻입니다. 2천 년 된 돔 구조
의 원형 건물로 미켈란젤로가 천사의 작품이라고 극
찬한 건축물입니다."
　　이집트의 조형물인 오벨리스크가 우뚝 솟아 있
는 건축물 앞에서 가이드가 설명했다. 관광객과 잡상
인들로 시끌벅적한 로톤다 광장엔 어둠이 내리고 있
었다.
　　시내 야경 투어는 현지인들의 맛집인 식당에 가
서 저녁과 명물 티라미수 케이크를 먹고, 테베레 강가

천사의 성에 가서 야경을 보는 것으로 끝났다. 우리는 밤 10시가 넘어 가이드가 잡아준 택시를 타고 호텔로 돌아왔다.

사람에 치여 다닌 바티칸 투어는 한 번으로 족했지만 로마 시내는 아니었다. 어두워진 뒤 훑듯이 겉만 보고 다닌 시내 투어는 책으로 치면 목차에 불과했다. 나는 앞으로 로마의 본문을 구석구석 읽을 참이었다. 그런데 다음 날 진이 호텔에서 쉬다 오후에 나가자고 했다. 전날 강행군을 해서 나 역시 피곤한 터라 그러기로 했다. 괜찮은 호텔에서 잠만 자는 게 아깝기도 했다.

호텔 쇼핑몰을 구경하다가 (피렌체 가죽 시장에서 사려다 말았던) 가방도 사고, 실내 정원처럼 꾸며진 로비의 소파에 앉아 수다를 떨다 늦은 점심을 먹었다. 이제 외출을 하자고 하니 진은 지금 나가면 곧 들어와야 할 텐데 그냥 하루 푹 쉬자고 했다.

그 말도 맞는 말이어서 그러기로 하고 (추워서 못 들어가는) 수영장 옆 카페테리아에서 커피를 마시고, 동네 산책을 좀 하고 오니 저녁이 됐다. 전날처럼 레스토랑에 가서 저녁을 먹고 일찌감치 방으로 돌아왔다. 잘 쉬기는 했지만 아쉬운 기분이 들었다.

다음 날은 숙소를 옮기는 날이었다. 어제 하루 늘어지게 쉰 만큼 아침 일찍 가방을 프런트에 맡겨놓고 나갔다 오기로 했다. 그런데 진이,

"가방 찾으러 다시 왔다 갔다 하는 거 너무 번거로우니까 천천히 체크아웃하고 곧바로 다음 숙소로 가자. 거기 체크인한 다음 가방 맡겨놓고 돌아다니면 되잖아."

했다. 옮겨 갈 숙소는 콜로세움 등 이름난 유적지를 걸어서 갈 수 있는 곳에 있었지만 오후 2시 이후에나 가방을 맡길 수 있었다. 하루를 또 어영부영 보내는 게 아까워도 외곽에 있는 호텔을 들고 날 일이 번거로운 건 사실이었다. 위치를 꼼꼼하게 따져보지도 않고 호텔을 옮겨준다는 제안을 덥석 받아들인 게 후회스러웠다.

하릴없이 침대에서 뒹굴거리다 가이드북을 보며 속상한 마음을 달랬다. 라파엘로 무덤이 있다는 판테온과 콜로세움 내부는 꼭 봐야지. 고대 로마인들의 주

거지였던 포로 로마노는 야외에 펼쳐져 있었다. 어제 시내 투어 때 울타리 밖에서 보긴 했지만 입장권을 끊고 들어가 그때를 상상하며 거닐고 싶었다. 그뿐 아니라 영화 〈벤허〉의 무대였다는 대전차 경기장, 로마에서 가장 오래된 아피아 가도도 궁금했다. 교외에 있는 티볼리에도 가고 싶은데, 한 것도 없이 로마에서의 시간이 반이나 지나가버렸다.

숙소를 옮기고 늦은 점심을 먹었더니 오후가 됐다. 진과 나는 걸어서 콜로세움엘 갔다. 가는 길 여기저기 자리한 유적들을 보니 호텔에서 까먹은 시간이 새삼 아까웠다.

길 하나를 사이에 두고 있는 콜로세움과 포로 로마노는 통합 입장권을 판매했다. 저녁나절이어선지 매표소 줄이 짧았다. 다음 날 아침 줄 서야 하는 시간을 줄일 겸해서 표를 미리 사놓으려는데 진이 자기는 밖에서 본 걸로 충분하다며 내 것만 끊으라고 했다. 포로 로마노야 그렇다고 쳐도 여기까지 와서 콜로세움을 겉만 보고 말겠다니. 나는 어이가 없다 못해 화가 나려고 했다. 시간이 지날수록 진과 나의 여행 취향이 얼마나 다른지 드러나고 있었다.

우리는 원래부터 많이 달랐다. 진은 휴대폰이든 자동차든 무얼 사면 상품 설명서를 몇 번씩 통독하고 그 기능을 120퍼센트 활용한다. 반면 나는 짧은 사용 설명서조차 읽기를 싫어하고, 고장 나거나 바꿀 때까지 최소한의 기능만을 겨우 사용한다. 여행 일정 짤 때 진이 자기에게 그 일이 '네가 상품 설명서를 볼 때처럼 골치 아프다'고 했을 때 단번에 이해할 수 있었다.

또 나는 당장 편하고 좋은 걸 먼저 하는 성격이고 진은 나중에 편하기 위해 지금의 수고를 아끼지 않는 타입이었다. (스테이크를 먹을 때 나는 썰어가며 먹고, 진은 다 썰어놓고 먹는다.) 체질조차 진에게 적당한 온도면 나는 추워서 재채기를 하고, 내게 알맞으면 진은 더워 죽을 지경으로 달랐다. 그런 차이는 이해나 배려로 충분히 극복할 수 있었고, 다름이 오히려 서로의 단점이나 허점을 보완해주었다. 우리는 그 사실을 만족스러워 하며 그동안 별 문제 없이 만나왔고, 여행도 다녔다. 하지만 긴 여행에서 여행 취향이 다른 건 간단한 문제가 아니었다.

　내가 보기에 진은 유적이나 유물보다 차, 명품, 지나가는 사람들 스타일에 더 관심이 많은 것 같았다. 나는 그런 진이 국어 시간에 수학책 펴놓고 앉아 있는 학생처럼 안타까웠다. 그리고 여행에 너무 소극적이었다. 높거나 많이 걸어야 하는 곳은 몸을 사려 나까지 포기하게 만들었고, 늘 해 지기 전에 숙소로 돌아가고 싶어 했다. 아직 환한데 호텔 방에 들어앉는 게 아까웠던 나는 진 때문에 여행의 즐거움이 반감되는 것 같아 속상했다.

　나는 진이 그 정도로 겁과 걱정이 많은 성격인 줄 몰랐다. 진은 또 내가 그렇게 부지런하고 적극적일 줄 몰랐다고 했다. 우리는 오래 사귀다 결혼했는데 신혼여행 가서 처음 보는 면에 당황하는 신혼부부처럼 서로에게 놀라고 있었다.

　친구와 한 달 넘는 여행을 간다고 했을 때 사람들은 부러워하면서도 긴 시간 갈등 없이 지낼 수 있을지를 걱정했다. 오래된 사이가 짧은 여행에서 틀어져 돌아오는 경우도 종종 있으니 말이다. 나 또한 아무 문제 없이 좋기만 할 거라고는 생각하지 않았다. 하지만 3, 4일짜리 여행을 함께 다닌 경험이 많기에 걱정하지 않았다. 무엇보다 우리는 40년 지기 친구로 각자의 가족보다 더 오래된 관계가 아닌가. 서로를 속속들이 알고 지낸 세월이 무기였다.

나는 그보다 한 달 내내 24시간 붙어 지내야 하는 걸 더 걱정했다. 내향성이 강한 나는 사람들에게 부대꼈던 날은 꼭 혼자만의 시간을 가져야 기력이 회복된다. 가족과의 시간 중 언제가 가장 행복한지 식구들하고 이야기한 적이 있었다. 식구들은 함께 뭔가를 할 때 행복하다고 하는데 나는 내 방에서, 나머지 식구들이 도란도란 나누는 대화 소리를 들을 때가 가장 행복하다고 말했다. 가족과도 이런데 아무리 허물없는 사이라고 해도 밤낮없이 함께하기란 쉬운 일이 아닐 것이다.

그런 만큼 나는 적절히 따로 보내는 시간을 가질 요량이었다. 그런데 진은 함께 지내는 걸 전혀 불편해하지 않았다. 오히려 함께 왔으니 당연히 모든 행동을 같이 해야 한다고 생각했다. 그리고 혹시라도 내가 혼자 나가면 천방지축 다니다 길을 잃거나 소매치기라도 당할까 봐 걱정했다. 계속 붙어 있다 보면 알게 모르게 서로를 간섭하고 구속하기 마련인데 못 견뎌 하는 쪽은 나였다. 나는 내가 생각했던 것보다 고독과 침묵을 훨씬 많이 좋아하고 있었다. 혼자만의 시간에 대한 갈증은 여행 취향이 다른 데서 오는 스트레스를 증폭시켰다.

"고대 로마는 다신교였고, 정복한 나라들의 종교도 스스럼없이 받아들였지요. 관용의 정치를 펼쳤기 때문에 로마제국이 오랫동안 번성할 수 있었던 것입니다."

2천 년 된 판테온 앞에서 가이드가 했던 말이다. 관용은 타인의 다름을 인정하고 존중하며 내 것을 강요하지 않는 데서 비롯된다. 나는 고대 로마인들이 살던 포로 로마노 거리를 거닐면서도 관용은커녕 나와 같지 않은 진의 여행 방식을 못마땅해하고 있었다.

여행 떠나기 전엔 마음에 들지 않는 게 있으면 서로 솔직하게 말하기로 했지만 막상 닥치자 그러기가

쉽지 않았다. 섣불리 말했다 불편해질까 봐 염려스러워 나름대로 자구책을 찾아 지내면서도 불만은 차곡차곡 쌓여가고 있었다.

감정을 터뜨린 건 여행이 끝나갈 무렵이었다. 여행 내내 진의 소극적인 태도에 쌓였던 화가 폭발했다. (내 성격의 단점 중 하나가 상대방이 까맣게 모를 정도로 참고 있다가 별일 아닌 데서 터뜨리는 것이다.)

당황하던 진은 그제야 사정을 말했다. 시험 기간 없이 받아 온 안과 약이 잘 맞지 않아 내내 불편했고, 저녁나절이 되면 컨디션이 떨어져 눈이 안 보일 때도 있다고 했다. 그럴 때마다 겁이 나 몸을 사리게 됐다는 말에 가슴이 덜컥 내려앉았다.

"그럼 진작 이야기하지 왜 안 했어?"

진은 내가 건강을 걱정할 때마다 늘 괜찮다고 해 왔다.

"이미 그 난리를 치고 왔는데, 여행 와서까지 너한테 신경 쓰게 하고 싶지 않았어."

진이 눈물을 훔쳐냈다. 여행 내내 혼자 가슴 졸이며 속 끓였을 걸 생각하니 마음 아팠고, 불만을 가졌던 것조차 미안했다.

"기집애야, 그래도 말했어야지. 그동안 혼자 얼마나 힘들었어."

나는 화를 냈고 우리는 함께 울었다. 진은 내가 이렇게 일정을 빡빡하게 짰을 줄 몰랐다고 했다. 그러고 보니 여행을 꿈꿀 때 우리가 가장 많이 했던 말은 여유와 휴식이었다. 노천카페에 앉아 거리 구경, 사람 구경하는 한가로운 모습을 상상하며 얼마나 설렜던가. 미안해하는 내게 진이 말했다.

"네 눈엔 아쉬울지 몰라도 나는 나만의 방식으로 여행을 충분히 즐기고 있어. 여기서 보낸 시간 모두 다 만족스러우니까 걱정 마."

진의 말이 진심임을 안다. 나 또한 이탈리아에 처음 왔던 2000년도, 볼거리라곤 없는 시골 마을 호텔에 묵었지만 아무 불만이 없었다. 어디에 있든 그 자체가 여행이었기에 뭘 더 보지 못한다고 억울해하지 않았고, 시간을 버린다는 생각도 하지 않았다. 유럽이 처음인 진도 그랬던 거다.

우리는 마음을 터놓고 이야기한 끝에 서로를 이

해할 수 있었다. 하지만 솔직한 대화의 시간을 좀 더 일찍, 로마에서 가졌더라면 좋았을걸.

아름답다는 것

◇◇◇ 알베로벨로, 마테라 ◇◇◇

여행 일정을 짜다 알게 된 알베로벨로. 아름다운 나무
라는 뜻을 가진 이 도시는 트룰로라는 건축물로 유명
하다. 인터넷에서 스머프의 버섯 집처럼 생긴 건물 사
진을 보는 순간 꼭 그곳에 가야겠다고 마음먹었다. 로
마에서 기차로 다섯 시간 넘게 걸리는 만큼 잠깐 들러
구경만 하는 게 아니라 트룰로 호텔에서 묵고 싶었다.

　알베로벨로 외에 이탈리아 동남부 지역에서 또
가고 싶은 곳은 고대도시 마테라였다. 문제는 교통이
었다. 동남부 지역의 중심도시인 바리를 삼각형의 꼭
짓점으로 삼았을 때 마테라와 알베로벨로는 밑변의

양쪽 모서리 정도에 위치했다. 알베로벨로와 마테라 사이에는 직접 오가는 대중교통이 없었다. 가장 편한 방법은 바리에다 숙소를 잡고 하루는 알베로벨로에, 하루는 마테라에 다녀오는 것이지만 나는 꼭 알베로벨로의 트룰로에서 잘 계획이었다. 판타지 동화에 나올 것 같은 그곳에서 여행 중반의 피로를 풀고 싶었다.

대안은 렌터카였다. 알베로벨로와 마테라는 차로 채 한 시간도 안 걸렸다. 나는 면허조차 없는지라 운전은 진이 하기로 하고 국제면허증을 준비해 갔다. 그런데 운전자의 신용카드가 필요하다는 사실을 몰랐다. 렌터카 업체의 설명글을 제대로 읽지 않은 내 잘못이었다. 진은 체크카드뿐 신용카드가 없고, 신용카드가 있는 나는 운전면허가 없었다. 바리역 가까이에 있는 공항에서 그 문제로 우여곡절을 겪은 끝에 웃돈을 주고 차를 빌렸다.

트렁크에 가방을 싣고 차에 오른 우리는 곧 '델마와 루이스'처럼 신나게 고속도로를 달리게 될 줄 알았다. 하지만 익숙하지 않은 도로 상황 때문에 공항을 두 바퀴나 돌고, 머물지도 않았는데 주차비까지 내고

서야 간신히 탈출했다. 어쨌거나 기차에서 가방 때문에 신경 쓰던 걸 생각하면 날아갈 것 같았다. 자유와 해방감에 환호성을 지르며 달렸지만 렌터카 이용에는 커다란 관문이 있었다.

이탈리아는 도시 전체가 유네스코에 등재된 곳이 많다. 그 때문에 렌터카가 들어갈 수 없는 교통제한 구역인 'ZTL Zona a traffico limitato'이 도시 곳곳에 있다. 렌터카가 갈 수 있는 곳이라고 해도 대부분 차 한대 겨우 지나갈 만큼 좁은 일방통행 도로다. 알베로벨로도 마찬가지였다. 호텔용 트롤로들이 여기저기 떨어져 있는 마을의 좁은 골목과 복잡한 주차구역은 운전 경력이 꽤 오래된 진조차 겁나게 했다.

좁은 길가에 그려진 주차선 중 흰색은 무료, 노란색은 거주자, 파란색은 유료 표시라고 했다. 직원이 대신 운전해주지 않았으면 좁은 골목을 빠져나가는 건 물론 무료 구역에 주차하기도 어려웠을 것이다. (다음 날 마테라에 다녀온 뒤엔 속 편하게 넓은 유료 주차장에 주차했다. 기계에서 주차권을 끊을 때 또 얼마나 헤맸던지, 처음 겪는 일을 해낼 때마다 우리는 또 얼마나 뿌듯했던

지…….)

　　트룰로 안에 들어가자 아름다운 나무 둥치에 깃
든 것처럼 아늑하고 평화로워졌다. 무엇보다 침실 외
에 테이블이 놓인 작은 거실이 따로 있는 게 마음에
들었다. 그곳은 자는 시간, 깨는 시간이 다른 진과 내
가 서로를 방해하지 않고 시간을 보낼 수 있는 공간이
되어주었다.

　　나는 그 거실에서 진이 쉬는 저녁과 아직 일어나
지 않은 아침에 책을 읽거나 일정들을 점검했고, 혼자
나가 산책도 했다. 여행이 야행성이던 나를 아침형 인
간으로 만들어준 덕에 혼자만의 시간을 가질 수 있었
다. 예쁘고, 자그맣고, 소박하고, 깨끗하고, 사랑스러
운 마을 길을 걷고 있노라면 나 또한 착하고 순수한
동화 속 아이가 되는 것 같았다.

　　무심코 생각한 '착하고 순수한 동화 속 아이'라
는 표현이 문득 마음에 걸렸다. 적어도 동화를 쓰는
사람이 할 말은 아니다. 독자와의 만남 등에서 왜 하
필 동화를 쓰느냐는 질문을 받곤 한다. 돌이켜 보면

처음부터 아이들이 주요 등장인물이며 독자인 '동화' 작가가 되겠다고 결심했던 건 아니다. 그런데 글을 쓰도록 부추기는 존재는 언제나 성인인 내가 아니라 마음 깊숙한 곳에 있는 아이였다. 그 아이는 자라지 못한 나일 수도 있다.

내가 온순하고 말 잘 듣는 아이였던 건 착한 아이 콤플렉스 때문이다. 자라서는 착한 여자 콤플렉스로 이어져 무던하다는 소리를 들으며 살아왔다. 하지만 내 본성은 꽤나 예민하고 까탈스럽다는 걸 나이 들수록 느끼고 있다. 착한 아이 노릇을 하며 억눌린 채 살아야 했던 내 안의 아이는 충분히 이해받고 존중받기 전에는 아마 떠나지 않을 것이다. 내가 동화를 쓰는 건 동심을 간직한 순수한 사람이어서가 아니라 자라지 못한 그 아이 때문임이 분명하다.

다음 날 우리는 올리브 나무숲과 목초지 사이로 난 한적한 길을 달려 마테라에 도착했다. 내가 가고 싶은 곳은 사씨였다. 사씨sassi는 바위를 뜻하는 사쏘sasso의 복수형인데 이름대로 석회암을 파서 만든 주거지가 있다. 선사시대 동굴과 2천 년 이상 지속적으로 생활한 모습이 원형 그대로 보존되어 있어 세계문화유산으로 지정된 곳이다. 지금은 많이 알려졌지만 1950년대까지만 해도 수도, 전기, 하수도가 없었으며 유아 사망률이 이탈리아에서 1위일 만큼 열악하고 낙후된 빈민 도시였다고 한다. 뒤늦게 사씨의 가치를 깨달은 정부에서 전기와 배관 시설을 했고 지역 주민들도 복구에 참여해 지금 같은 모습이 됐다.

내가 그곳에 가고 싶었던 이유는 알베로벨로와 전혀 다른 황량하고 을씨년스러운 정경이 마음을 끌어서였다. 영화 〈패션 오브 크라이스트〉에서 예수가 십자가를 지고 올라가던 길과 처형당한 골고다 언덕의 촬영 장소가 사씨라고 한다. 광장에서 내려다본 사씨는 2천 년 전 예루살렘이라고 해도 이상해 보이지 않았다.

어떻게 바위뿐인 이곳을 주거지로 삼을 생각을 했는지 놀라웠고 인간의 끈질긴 생존력이 감탄스러웠다. 골짜기를 따라 펼쳐진 사씨를 구석구석 다니고 싶어 진에게 말했다.

"여기선 각자 다니다 이따 광장에서 만나자."

우리는 광장에서 만날 시간을 약속하고 헤어졌다. 마을엔 군데군데 건물을 복구해 만든 레스토랑이나 카페, 호텔 들이 있었다. 나는 흉물스레 비어 있는 집들이 아닌 이색적인 레스토랑, 문양이 아름다운 간판, 담벼락 아래 피어난 꽃, 식당 주인이 가꾸는 화분 같은 예쁜 장면들을 찍으며 돌아다녔다.

골목길을 걷고 있는데 아래쪽에서 사람들 소리가 들려왔다. 돌담 너머로 보니 사람들이 모여 무슨 촬영을 하고 있었다. 순간 기시감과 함께 기억 하나가 떠올랐다.

초등학교 겨울 방학, 미아리 산동네에 있는 당숙 집에 놀러 갔을 때였다. 시내 어딘가에 불이 났다고 했다. 나는 육촌 형제들과 돌담에 죽 서서 아스라이 보이는 시커먼 연기와 헬리콥터를 가슴 두근대며 구경했다. 그날 저녁 뉴스에 시내 호텔의 화재 현장이 나왔다. 그 생각은 또 다른 기억들을 불러일으켰다.

홍은동과 현저동. 다른 친척이 살던 그 동네들 역시 산동네였다. 비탈길은 가팔랐고 공동수도나 공동

변소를 써야 하는 곳이었다. 좁은 골목마다 술주정하는 아버지나 아이들에게 악다구니 쓰는 어머니들이 있었고 물지게로 마실 물을 져 나르고, 계곡물에 빨래를 하러 다니는 아이들이 있었다. 그래도 아이들은 틈만 나면 놀거리를 찾아냈다. 나도 친척 아이들과 어울려 목청껏 소리 지르며 뛰어놀았다. 우리 집은 평지로 된 동네에 있었지만 전셋집을 전전했던 우리가 더 잘산다는 생각은 들지 않았다.

사씨는 도시개발로 이제는 보기 힘들어진 서울의 산동네와 비슷했다. 허물어져가는 담벼락이, 바스러진 나무문이, 녹슨 창살이, 간신히 버티고 선 기둥이 고된 삶을 견디던 사람들의 주름진 얼굴, 거친 손마디 같았다. 그 어떤 크고 화려하고 멋진 건축물보다 숭고한 아름다움을 지니고 있었다. 그런 장소에 와서 나는 예쁜 장면만 고르고 잘라 찍고 있었던 거다.

동화 속 아이가 모두 착하고 순수할 필요는 없다. 그저 자기다우면 된다. 알베로벨로와 사씨가 각각의 아름다움으로 충분한 것처럼.

나폴리 사람들

◇◇◇ 나폴리 ◇◇◇

나폴리 중앙역이 가까워지고 있었다. 진과 나는 휴대폰과 지갑을 백팩 속에 넣고 단단히 자물쇠를 채웠다. 나폴리에서도 한인민박을 예약했는데 주인이 절대 휴대폰 보며 길 찾지 말라고 주의를 주었기 때문이다. 이번 여행 중 이렇게 불안하고 긴장된 마음으로 새로운 도시에 도착하는 건 처음이었다.

"나폴리에 왜 가요? 거긴 아주 위험한 데예요."

"밀라노는 경제의 도시, 피렌체는 예술의 도시지요. 그럼 나폴리는 무슨 도시일까요? 바로 범죄의 도시입니다."

"나폴리 사람들은 운전을 엄청 난폭하게 하니까 길 건널 때 조심하세요."

"이탈리아는 북부에서 벌어서 남부를 먹여 살리는 거지요."

그동안 이탈리아에서 나폴리에 관해 들었던 내용들이다. 온라인 여행 카페에서도 나폴리는 위험한 도시로 통했다. 누군가 치안을 물으면 가지 말라는 수많은 댓글 중에 아주 가끔, 그곳도 사람 사는 곳이니 괜찮다는 글이 끼어 있을 뿐이었다.

하지만 나는 나폴리를 남부 여행의 거점으로 삼았다. 교과서에서 세계 3대 미항이라고 배운 이래 나폴리는 '아름다운 곳'으로 내 마음속에 저장돼 있었다. 마피아 어쩌고 해도, 우리나라 드라마나 영화에 숱하게 조폭이 등장하지만 일상에서 마주칠 일은 없는 것처럼 나폴리도 그럴 거라 생각했다.

여행을 떠나기 전, 이탈리아 남부를 배경으로 한 〈웰컴 투 사우스〉란 영화를 보았다. 여행 준비 삼아 이탈리아 배경 영화를 많이 봤지만 〈웰컴 투 사우스〉처럼 '특정 지역 사람들'이 주제인 작품은 처음이었다.

영화는 북부 지역의 소도시 우체국에 근무하는 주인공이 밀라노로 발령 받기 위해 꼼수를 부리다 들켜 나폴리 남쪽의 해변 마을로 좌천되면서 벌어지는 이야기다.

남쪽을 마피아 소굴로 생각하고 울면서 간 주인공에게 직원이 말한다. 여기 오는 사람들은 두 번 운다고. 올 땐 오기 싫어서 울고, 돌아갈 땐 가기 싫어서 우는 곳이라고. 지역감정 해소를 위해 정부에서 만든 공익 영화가 아닐까 싶을 정도로 남부 사람들의 따뜻한 인정과 순박함이 매력적으로 그려졌다.

나는 사람들 사이에 떠도는 이야기보다 영화 내용을 믿고 싶었다. 그 영화가 아니었다면 예매한 기차표, 시칠리아행 야간 페리, 숙소 위약금을 물고서라도 행선지를 바꿨을 거다.

기차가 중앙역에 닿았다. 우리는 휴대폰 대신 종이 바우처를 손에 들고 역을 빠져나왔다. 역 주변을 어슬렁거리는 사람들이 모두 우리를 해코지하거나 지갑을 노리는 사람들로 보였다. 쓰레기가 나뒹구는 거리는 지저분했다. 빨리 숙소를 찾아 들어가야 안전할 것 같았다. 하지만 바우처 약도대로 가리발디 광장을 지나 골목으로 접어들었는데도 숙소는 나오지 않았다. 근처에 있던 할아버지에게 민박 1층에 있다는 레스토랑의 위치를 물었다. 할아버지가 자기 일처럼 여기저기 물어보고 알려준 덕에 우리는 무사히 숙소에 도착했다.

우리 숙소는 역에서 멀지 않은 번잡한 곳이었는데 바로 맞은편에 있는 작은 바에서 밤늦도록 떠드는 소리가 들려왔다. 그날 밤 겨우 잠들었다가 요란한 소리에 깼다. 새벽 3시였다. 진도 깨어 있었다.

"폭죽 쏘나 봐."

영화에서도 폭죽 쏘는 장면이 나온다. 우리는 창가로 가 커튼을 들추고 밖을 내다보았다. 소음만 가득할 뿐 밤하늘을 수놓는 멋진 불꽃 같은 건 보이지 않았다.

아침에 민박 주인에게 그 이야기를 했더니 반색했다.

"그 영화 보셨구나. 대부분, 특히 군대 갔다 온 남

자분들은 총소리로 알고 놀라서 쫓아오시거든요. 여기 사람들 폭죽 쏘며 노는 거 좋아해요."

　　주인은 나폴리에 관한 사람들의 오해와 편견을 억울해했다. 이탈리아 어디나 주의를 해야 하는 건 마찬가진데 유독 나폴리에만 겁먹고 로마에서 폼페이와 소렌토를 하루에 둘러보는 투어로 스쳐 지나간다고 했다. 나폴리에 한인민박이 하나밖에 없는 걸 보면 여행 오는 한국 사람이 얼마나 없는지 알 수 있었다.

　　민박 투숙객들은 성별과 연령대가 다양했다. 은퇴하고 혼자 여행 온 60대 남성, 우리처럼 이탈리아를 한 달 정도 여행 중이라는 30대 여성, 제대하고 복학하기 전 유럽을 돌고 있다는 20대 청년, 직장에서 2주간 휴가를 얻어 시칠리아에 갔다가 나폴리에 도착한 30대 청년…… 나폴리에 대한 오해와 편견을 뛰어넘었다는 공통분모를 가진 우리는 저녁 식사 후에 다시 모여 맥주잔을 기울였다.

　　피렌체 민박에서도 그럴 기회는 있었다. 거기서도 밤마다 투숙객들이 식당에 모여 앉아 맥주를 마시며 친교의 시간을 가졌다. 민박 주인이 우리에게도 오라고 했지만 빈 인사말로 여기고 사양했다. 젊은 사람들 틈에 끼어 앉는 게 눈치 없고 주책맞은 행동이라고 생각했기 때문이다. 그들도 예순에 가까운 아줌마들을 불편해할 터였다. 젊었을 때, 어쩌면 지금도 나보다 나이 많은 사람에게 내가 가지고 있던 생각인지 몰랐다.

나폴리 민박에서 우리는 성별과 나이를 뛰어넘어 서로의 경험에 귀 기울이며 이야기를 나눴다. 나이를 무기 삼아 '꼰대' 노릇 하는 사람도 없었고, 나이 많은 우리를 불편해하는 젊은이도 없었다.(……없었겠지?) 이번 여행에서 처음 맛보는 즐거움이었다.

위험한 도시라는 사람들 말만 듣고 나폴리에 가지 않았으면 알지 못했을 것들이 많았다. 스파카 나폴리의 골목도 보지 못했을 테고, 산세베로 성당의 '베일 쓴 그리스도' 같은 신비로운 작품도 몰랐겠지. 누오보 궁에 올라 나폴리 전경과 바다, 베수비오 화산도 물론 보지 못했을 거다. 무엇보다 나폴리 사람들도 만나지 못했을 것이다. 기차역 매표소 직원, 노점상, 가게 점원, 식당 웨이터, 길을 가르쳐준 할아버지……. 잠깐 스쳐 간 사람들조차 흥 많고, 유쾌하고, 친절하고 인정이 넘쳤다.

나폴리를 떠나는 날, 시칠리아행 야간 페리를 타러 가느라 택시를 이용했다. 항구에 도착한 뒤 늘수그레한 기사는 비를 맞아가며 여기저기 물어본 끝에 우리가 탈 배가 출항 수속하는 곳으로 데려다주었다. 만일 항구 입구에서 내려주고 말았다면 우리는 빗속에 가방을 끌고 그 넓은 부두와 많은 배들 사이를 헤매고 다니며 큰 고생을 했을 것이다.

소문으로 그렇게 '무섭고 거칠다'던 나폴리 사람들은 떠나는 마지막 순간까지 친절과 배려로 우리를 감동시켰다.

지금, 여기

◇◇◇ 포지타노, 폼페이 ◇◇◇

서기 79년 8월 24일, 폼페이 사람들의 일상은 여느 날과 다름없었을 것이다. 어른이나 아이나, 여자나 남자나, 귀족이나 노예나, 개나 고양이까지도 어제 하던 일, 내일도 할 일을 하고 있었겠지. 화산이 폭발하지 않았으면 말이다.

인구 2만여 명의 폼페이는 로마제국에서 제일가는 항구도시였다. 그곳은 반듯하고 넓은 도로, 각종 공공시설, 공중목욕탕, 광장, 극장, 원형 경기장, 귀족들의 화려한 저택, 경제활동이 활발하게 이루어지는 상점 거리가 있어 '작은 로마'라 일컬어질 만큼 번성했다. 또한 여러 민족이 어우러져 살았지만 인종차별이나 계급투쟁이 없는 평화로운 도시였다.

최후의 날 오후 1시 무렵, 폼페이에서 8킬로미터 떨어진 베수비오 화산이 폭발했다. 화산이 토해낸 불덩이와 함께 하늘을 뒤덮었던 화산재가 폼페이를 덮쳤다. 미처 피하지 못한 폼페이 시민 2천여 명은 도시와 함께 매몰됐다. 그 순간 그들의 시간도 멈추었다.

폼페이역─정확하게는 '폼페이 발굴지'라는 뜻인 스카비 폼페이역Scavi di Pompei에 내리자 빗방울이 떨어지기 시작했다. 날씨가 궂은데도 매표소는 표 사는 사람들로 북적였다. 벌써 관광을 마치고 나오는 한국 단체 관광객들도 보였다. 설명을 들으며 보면 더 좋겠지만 2천 년 전의 시간과 공간을 그저 오감으로 느끼는 것도 나쁘지 않았다.

"폼페이 가봤자 별거 없어요. 진짜 유물은 모두 나폴리 박물관에 있으니까요."

누군가 말했지만 박물관에 가서 폼페이 사람들의 흔적을 보자 발굴지가 더 궁금해졌다. 그리고 우리에게 폼페이에서 온종일 보낼 수 있는 시간이 있다는 게 행복했다.

지금도 발굴과 복원 작업이 진행 중이라는 폼페이로 들어서자 그 당시의 위용을 보여주는 신전, 대저택, 경기장, 공공건물인 바실리카, 광장, 마차 바퀴 자국이 선명한 돌길 들이 우리를 맞았다. 추적추적 내리는 비 탓인지, 아니면 폼페이 하면 저절로 연상되는 '최후의 날'이라는 말 때문인지 복원 중인 건물들이 오히려 허물어져가는 모습으로 보였다. 그리고 그때 여기 있었을 사람들이 떠올랐다.

1861년 폼페이 유적을 발굴하던 이탈리아 주세페 피오렐리 교수는 용암과 화산재로 뒤덮인 흙더미 속에서 이상한 형태로 비어 있는 공간을 발견한다. 건축물이나 생활용품들이 고스란히 보존돼 있는 것에 비해 시신이 없다는 점이 수수께끼인 상황이었다. 박사는 빈 공간에 석고를 부었다. 석고가 굳은 다음 주변 흙을 긁어내자 화산재에 묻혀 오랜 세월 잠자고 있던 사람들 모습이 드러났다. 연인, 아버지와 아들, 어머니와 아기, 왕진 가던 의사, 주인을 보호하려던 노예, 그리고 주인 곁을 떠나지 않았을 개도 있었다.

베수비오 화산은 1944년 소규모의 폭발이 있었던 이래 잠잠하지만 언제 다시 터질지 모르는 위험한 화산이다. 과학의 힘으로 어느 정도 미리 알 수는 있다고 해도 폭발 자체를 막지는 못할 것이다. 최후의 순간을 맞은 사람들의 모습을 보자 문득 지금 저 화산이 폭발한다면, 하는 생각이 들었다. 그 순간 내 삶도 '지금, 여기'에서 멈추겠지. 새삼 내가 살아 숨 쉬고 있다는 사실이 경이롭게 여겨졌고, 성가시던 비도 생명을 축복하는 것 같았고, 몰려다니는 거대한 구름도 살아 있다는 증표로 보였다. 어제도 어제의 '지금, 여기'를 즐겼으면 좋았을걸.

전날 진과 나는 포지타노에 다녀왔다. 포지타노는 죽기 전에 가봐야 할 도로 1위라는 아말피 해안가에 있는 마을 중 한 곳이다. 산비탈의 파스텔톤 집들과 푸른 바다가 어우러진 사진 속 풍경은, 거기 있는 상상만 해도 가슴이 뛸 정도로 환상적이었다.

민박에서 만난 청년과 동행한 덕에 포지타노까지 신경 쓸 것 없이 쫄레쫄레 따라가기만 하면 됐다.

오래간만에 길 찾는 긴장감을 떨쳐버리자 즐거움이 더했다. 포지타노에 가려면 기차로 소렌토까지 가서 버스로 갈아타야 했다. 음악 교과서에도 나왔던 이탈리아 가곡 〈돌아오라 소렌토로〉라는 노래 때문에 포지타노보다 소렌토가 더 친숙한 우리는 기왕 왔으니 도시를 둘러보기로 했다. 관광 도시답게 예쁘고 쾌적하고 깨끗했다.

바닷가 공원 옆에 있는 작은 성당을 발견하고 들어갔다. 정원에서 주례와 신랑신부뿐인 조촐하고 소박한 결혼식을 하고 있었다. 촬영도 셀프였다. 둘만의 소중한 순간에 집중하는 모습이 아름다웠다. 그 순간을 지켜볼 수 있었던 건 우리의 행운이었다.

굽이굽이 이어진 도로를 달려 도착한 포지타노는 잔뜩 흐려 있었다. 걷기에는 좋았지만 기대와 다른 풍경에 조금 실망스러웠다. 두 번째 온다는 청년이 안내를 해주었다. 2주 동안 시칠리아와 이탈리아 남부 지역을 여행 중인 그는 달마다 월급에서 얼마를 떼어놓았다가 1년에 한 번씩 여행을 떠난다고 했다. 직장을 고르는 우선순위도 연봉이나 회사의 사세가 아니라 '그만한 휴가를 받을 수 있는지'로 정한다는 말에 우리는 엄지손가락을 치켜세웠다. 남의 자식이 해서 멋진 일이면 내 자식이 해도 응원해줄 일이다. 내 아이들에게 미래를 위해 현재의 행복을 유예하라는 말은 절대 하지 말아야지. 청년처럼 현재를 누리며 살라고 해줘야지.

청년이 자기 어머니도 우리처럼 삶을 즐기며 당당하게 살았으면 좋겠다고 했다. 진과 나는 개미처럼 일하는 게 미덕인 시대를 살아왔다. 나무 그늘에서 노래만 부르는 베짱이처럼 살다가는 인생 망한다는 말을 골수에 박히게 들으며 자랐다. 오래 준비해서 온 여행이면서도 가슴 한구석엔 팡팡 노는 게 왠지 미안하고 죄스러운 마음이 자리하고 있었다. 청년의 말에 대상 모를 죄책감이 조금은 가시는 것 같았다.

청년의 짐은 중간 크기의 배낭이 전부였다. 최소한으로 짐을 싼 다음 옷이나 양말 등은 여행지의 시장에서 싼 것을 사서 입다 버리고 간다고 했다. 여전히 가방 무게 때문에 고생하고 있던 우리를 부끄럽게 만드는 지혜였다. 우리는 풍경이 근사한 식당에서 청년에게 점심을 대접했다. 음식값이 비싸다며 사양하는 그에게 가진 게 돈밖에 없는 아줌마들이라고 흰소리까지 쳐가며.

진과 나는 또 다른 곳으로 이동하는 청년과 헤어져 포지타노에서 놀기로 했다. 그런데 흐린 날씨가 못내 아쉬웠다. 여행 전 봤던 사진에선 햇살을 받은 건물들이 아름답게 빛나고 있었다. 집들과 어우러진 푸른 바다는 또 얼마나 환상적이었던가. 그런데 빛이 없으니 눈앞의 모든 풍경이 칙칙해 보였다. 설상가상 비까지 쏟아지자 4시도 안 되었는데 저녁 같았다.

건물 처마 밑에서 비를 피하고 있던 우리는 빗줄기가 약해진 틈을 타 얼른 소렌토행 버스를 타러 갔다. 부슬비를 맞으며 기다렸다 탄 버스는 만원이었다. 돌아가는 내내 눈부신 햇살이 비추는 포지타노를 보지 못한 게 너무 속상했다.

다시 어제를 떠올려보니 비에 젖은 집들이며 일찍 불을 밝힌 거리도 분위기 있고, 비구름 피어오르는 풍경도 특별했다. 그런데도 그 자체로 즐기지 못하고 남들이 경험한 포지타노와 비교하며 아쉬워했다. 오늘의 나는 또 어제 그 순간을 누리지 못한 걸 안타까워하고 있다. 폼페이에 먼저 왔었더라면, 한순간 최후를 맞이했던 사람들의 모습을 본 뒤였다면 내가 맞은 순간 그대로의 포지타노를 즐길 수 있었을까.

그렇다고 자신할 수 없었다. 그런 이치를 폼페이 같은 곳에 와봐야만 알 수 있는 건 아니다. 깨달음의 기회로 삼을 만한 일들은 이미 살면서 숱하게 겪었다.

고대도시 폼페이, 고스란히 간직한 최후의 날 속에서 나는 또 처음인 것처럼 내가 살아 있음을, 지금, 여기의 소중함을 깨닫는다.

나의 절정

나폴리에서 시칠리아행 야간 페리를 탔다. 이층침대
가 두 개 놓인 객실에 캐리어만 들여놓고 저녁을 먹
기 위해 나왔다. 카페테리아가 있는 라운지는 벌써 식
사를 하거나 술을 마시는 사람들, 소파에서 밤을 지낼
준비를 하는 사람들로 북적거렸다. 젊은이들이 삼삼
오오 모여 여행의 설렘을 만끽하는 모습은 보는 것만
으로도 흐뭇하다. 우리도 스낵과 맥주로 시칠리아 여
행을 자축했다. 그러고는 갑판으로 나가 불 밝힌 나폴
리항과 언덕 위의 델오보성, 베수비오산과 작별했다.
나폴리가 멀어지는 만큼 시칠리아가 가까워지고 있

다. 설렘과 흥분으로 들뜬 기분 속에서도 머릿속은 일정을 변경해야 하는 문제로 복잡했다.

시칠리아는 이번 여행에서 가장 기대했던 곳이었다. 이탈리아에서 딱 한 군데만 갈 수 있다면 주저 없이 택할 만큼 시칠리아가 좋았다. 뭘 잘 알아서도 아니었다. 나는 시칠리아를 영화로 배웠다. 〈대부〉, 〈시네마 천국〉, 〈그랑블루〉, 〈말레나〉, 〈당신을 기다리는 시간〉, 〈비거 스플래쉬〉……. 영화 속 시칠리아의 풍광은 화면으로만 봐도 사람의 영혼을 건드리는 무언가가 있었다. 이름마저 그 땅과 딱 맞는 것 같았고, 그곳에 가면 저절로 '자유로운 영혼'이 될 것 같았다.

이번 여행을 한 편의 소설이라고 한다면 시칠리아는 절정에 해당했다. 소설 구성은 보통 발단, 전개, 위기, 절정, 결말로 이루어진다. 도입부와 상승부를 거치며 쌓아온 갈등이 최고점에 이르러 폭발하는 단계인 절정에서 독자들은 카타르시스를 느낀다. 시칠리아에 닿을 즈음이면 우리의 여행 내공도 발단, 전개, 위기를 거치며 단단해졌을 테니 이젠 그 흥을 폭발시킬 일만 남았으리라 여겼다.

이탈리아 남단에 있는 섬 시칠리아는 제주도 13배 크기로 주도인 팔레르모는 섬의 북서쪽쯤에 있다. 한국에서 미리 팔레르모 인, 카타니아 아웃으로 정해 페리와 항공편을 예약했다. 팔레르모에서 차를 렌트해 인근 지역을 둘러본 다음 시계 반대 방향으로 해안도로를 달려 동쪽 카타니아로 갈 계획이었다.

상상 속에서 진과 나는 한국에서라면 시도조차 못했을 '샤랄라'한 '오프숄더' 원피스를 입고 (원피스는 현지에서 사는 걸로. 스카프를 휘날려줘도 좋겠고) 한쪽으로 바다가 펼쳐진 도로를 거침없이 달렸다. 그러다 마음에 드는 곳에 차를 세우고 시간을 보내다가 해 저물녘 닿은 곳에서 적당한 숙소를 찾아들리라. 그런 상상으로 호텔 예약도 하지 않았으며, 여행을 떠나기 전부터 나는 그런 우리가 멋있어서 가슴이 벅찼다.

그런데 바리에서, 운전자인 진의 명의로 된 신용카드 없이 차를 렌트하기가 얼마나 어려운지 알아버렸다. (아무 이상 없이 차를 반납했는데도 보증금을 돌려받지 못했다.) 그리고 팔레르모에서 빌린 차를 카타니아에서 반납하려면 요금이 너무 비쌌다. '마담, 마담'거리며 후리려 드는 렌터카 회사 사람들과 상대할 일도 엄두가 나지 않았다. 게다가 긴 여행에 진의 컨디션도 많이 다운된 상태였다.

나는 페리 객실에서 〈시네마 천국〉의 무대인 체팔루를 지우고, 대부의 고향이라는 코를레오네 마을을 지웠다. 예능프로그램에 나왔던 트라파니 염전을 지우고, 아그리젠토 신전 계곡과 〈말레나〉에서 소년 레나토가 바닥에 엎드려 편지를 쓰던 터키인의 계단을 지웠다. 오프숄더 원피스와 휘날리는 스카프도 지웠다……. 그리고 팔레르모와 카타니아에서 각각 사흘씩 묵는 걸로 해서 호텔과 기차표를 예매했다.

햇살이 바다를 금빛으로 물들이는 아침, 밤새 지중해를 건넌 배는 팔레르모 항구에 닿았다. 많은 걸 지웠어도 시칠리아는 시칠리아였다. 배에서 내리는데 오랫동안 마음에 품고 있던 짝사랑을 앞에 둔 듯 심장이 뛰었다.

팔레르모항에서 택시를 탔다. 곱슬거리는 긴 머

리를 하나로 묶은 기사의 택시 트렁크에는 기타 케이스가 실려 있었다. 뮤지션과 택시 기사, 투잡을 한다고 했다. 예술로 먹고살기 힘든 건 한국이나 이탈리아나 마찬가지인 모양이다.

기사는 골목을 꼬불꼬불 돌았다. 역사지구 안에서의 교통체계를 알지 못했다면 외국인에게 바가지를 씌우려 한다고 의심했을 거다. 열심히 설명하는 기사의 친절이 무색하게 반의반도 못 알아들었지만 미리 검색해본 덕에 팔레르모가 어떤 곳인지 알고 있었다.

역사가 2천7백 년 이상 된 팔레르모는 그리스 말로 '좋은 항구'라는 뜻이란다. 오랜 세월 여러 민족의 지배를 받았기에 비잔틴, 아랍, 노르만의 문화가 섞인 건축물에서 제2차세계대전 때 폭격 맞은 건물까지, 그곳을 지배했던 숱한 세력의 흔적으로 가득한 곳이다.

우리는 차 렌트를 포기한 대신 시내 중심에 있는 괜찮은 호텔을 예약했다. 유서 깊은 저택을 개조한 호텔은 기대보다 훨씬 멋졌다. 박물관 같은 내부 모습이 포기한 것들에 대한 서운한 마음을 달래주었다.

프런트에 가방을 맡기고 나온 진과 나는 노천카

페에 앉아 아침을 먹었다. 주먹밥에 옷을 입혀 튀긴 아란치니와 커피였다. 아직 한산한 작은 광장에는 맑고 투명한 아침 햇살이 내리쬐었고 커피 향기는 그윽했다. 꿈꾸던 풍경 속에 앉아 있으려니 시칠리아에서 시작된 범죄조직을 일컫는 '마피아'란 말조차 낭만적으로 들렸다.

차편을 이용해야 하는 팔레르모 인근 관광은 아예 포기하고 걸어서 다닐 수 있는 곳만 보기로 했다. 사실 그러기만 해도 팔레르모 시내에는 볼 것이 차고 넘쳤다. 여러 문화의 건축 양식이 혼합된 대성당과 노르만 궁전, 해적들을 소탕한 기념으로 세웠다는 누오바 문, 바로크 양식의 화려한 조각이 눈과 발을 사로잡는 쾌트로 칸티, 〈대부 3〉에서 마이클 코를레오네의 딸이 총에 맞아 숨진 마시모 극장……

팔레르모 사람들이 운동하고 산책하는 바닷가 공원에 가서 놀다 오기도 하고, 골목골목을 돌아다녔다. 코끼리 열차 같은 투어 차를 타고 팔레르모 시내를 돌기도 했다. 대성당 옆에 있는 식당에 갔는데 홍합을 넣은 파스타가 우리 입맛에 딱 맞았다. 팔레르모에 있는 동안 그 식당에 세 번이나 갔다. 재래시장에 가서 과일과 오이를 사고, 오이는 고추장에 찍어 먹었다. 비행기에서 받은 고추장을 그때까지 가지고 있었던 거다. 속이 다 풀리는 것 같았다.

우리는 마시모 극장 가는 길에 늘어선 상점거리를 어슬렁거렸다. 이번 여행에서 옷가게에 들어가본 건 그때가 처음이었다. 로망이었던 오프숄더 원피스를 사려고 했지만 우리가 소화하기엔 디자인이 너무 과했다. 무엇보다 어깨를 다 드러내고 다닐 만큼 날이 덥질 않았다. 비록 옷은 사지 못했지만 노점상이며 시장 구경하는 재미가 컸다. 자주 들렀던 호텔 근처 선물가게에선 중국 개 차우차우를 키웠다. 기념품을 사러 여러 차례 가고 개가 멋져서 사진도 찍었더니, 오 갈 때마다 주인과 인사를 나누는 사이가 됐다.

여행 중 휴가처럼 보내면서도 한편으로는 내 평생 마지막일 수 있는 시칠리아 여행인데 팔레르모 시내만 어슬렁거리고 있는 게 못내 아쉬웠다. 한껏 기대했던 클라이맥스가 그저 그래서 맥 빠지는 소설이나 영화를 보는 기분이었다. 나는 '다음에 또 와야지. 그

때는 시칠리아에서만 한 달 살기를 해야지' 하며 지키지도 못할 다짐으로 질척대는 미련을 달랬다.

　카타니아로 떠나는 날, 기차역에서 한국인 모녀를 만났다. 엄마는 진과 나, 딸은 우리 딸들 나이로 보였다. 시칠리아에서 한국인을 만난 건 처음이었다. 우리는 고향 사람이라도 만난 양 서로를 반기며 폭풍 수다를 떨었다. 딸의 휴가로 왔다는 그들 모녀는 내가 목록에서 지웠던 곳들을 다니는 중이었다.

　"딸하고 여행 다니니 얼마나 좋아요."

　그 순간만큼은 진심이었다. 진과 나는 한동안 보지 못한 딸이 그리웠다. 엄마가 딸의 눈치를 슬쩍 보더니 작은 소리로 말했다.

　"아이고, 여기저기 끌려다니느라 힘들어 죽겠어요. 잔소리는 또 얼마나 하는지. 여행은 친구랑 다니는 게 제일 좋아요."

　딸은 엄마가 처음 본 사람들과 수다스레 떠드는 게 못마땅한 표정으로 조금 떨어져 서서 스마트폰을 들여다보고 있었다. 우리는 그 엄마 마음이 어떤 건지 너무 잘 알았다. 부러운 거 취소! 나 또한 딸과 여행 가면 싸우는 게 일정의 반이었던 걸 깜빡 잊었다.

진과 나는 여행 내내 좋은 걸 보고 맛있는 음식을 먹으면 앞다퉈 가족을 떠올리곤 했다. 이 좋은 시간과 장소를 나만 누리고 있다는 미안함에 그리움이 뚝뚝 떨어지는 목소리로 남편이나 아이들과 통화를 하기도 했다. 그러면서도 '가족과 함께 이 여행을 한다면?' 하는 물음이 떠오르면 우리는 또 질세라 고개를 저었다.

"가족여행은 3박 4일 넘으면 힘들어."

진, 또 다른 친구 선과 셋이서 부산으로 여행을 간 적이 있었다. 해운대는 서 있기 힘들 정도로 바람이 세게 불었고 파도도 엄청나게 높았다. 백사장엔 '수영금지'라는 위험 경고판이 설치돼 있었다.

"저기 저렇게 수영금지라고 써 있지? 우리 남편 백퍼 물에 들어간다."

"우리 남편은 여기 같이 왔으면 다니는 내내 '이게 뭐 볼 게 있다고.' 하면서 옆 사람들 김 팍팍 새게 했을 거야."

"그만들 해라. 우리 남편은 어제저녁부터 여기 앉아서 술 마시고 있을 거다."

(남편들의 신상보호를 위해 누가 한 말인지는 밝히지 않겠다.)

우리는 배를 잡고 깔깔 웃었다. 스카프 자락과 옷자락도 함께 휘날렸다. 남편 흉보기 배틀을 하며 눈물나게 웃는 것만으로도 스트레스가 풀렸다. 결론은 남편이 아니라 우리 셋이 와서 '너어무' 좋다는 거였다.

진과 나는 이번 여행에서도 가족보다 선의 빈자리를 더 자주 안타까워했으며 선이 정년퇴직하면 꼭 함께 여행을 가자고 마음을 달랬다. 재미 삼아 가족과 왔을 경우를 시뮬레이션해보다 친구와 와서 얼마나 편하고 좋은지 입이 닳도록 이야기했다. 친구가 있다고, 시간과 돈이 있다고 해서 이런 긴 여행을 쉽게 올 수 있는 것도 아니다. 진과 나는 그 행운에 순간순간 감사했다.

카타니아행 기차가 들어왔다. 우리는 한국인 모녀와 작별했다. 그 엄마의 눈에 담긴 진심 어린 부러움을 보자 팔레르모에서 지낸 시간이 더는 아쉽지 않았다. 이탈리아를 한 달 넘게, 그것도 홀가분하게 친구와 여행하고 있는 것 자체가 내 인생의 절정인데 뭘 더 바라랴.

우리의 신화

여행 동안 건물이나 지하철역 같은 공공장소 벽에 그려진 글자나 그림인 '그래피티'를 보는 진과 내 의견은 극명하게 엇갈렸다. 진은 미관을 해치는 흉물스러운 글자와 그림은 물론, 남의 건물이나 공공장소에 함부로 낙서를 하는 행위 자체를 목청 높여 비판했다. 나는 그저 낙서가 아니라 젊은이들의 문화로 봐줘야 한다고 주장했다.

　진은 요란하고 어지러운 그래피티를 볼 때마다 눈살을 찌푸렸고, 나는 이름을 아는 유일한 그래피티 예술가 뱅크시의 일화들을 들먹거리며 그래피티가 권

위나 제도에 대한 비판이니 저항이니 하며 떠들었다.
(얕은 지식으로 떠들어댄 게 부끄러울 따름이다.)

함께 긴 여행을 하다보면 어딜 갈지, 무얼 먹을지, 언제 쉴지 등 의견 차이가 생길 수밖에 없다. 불만이 쌓여갔지만 직접적으로 말하지 못하고, 그것과 상관없는 이야기를 할 때 감정이 실려 별일 아닌 것 가지고 말씨름을 하는 일이 잦아졌다. 거의 일회성으로 끝났지만 이탈리아 어딜 가나 있는 그래피티는 여행 내내 이어진 논쟁거리였다.

카타니아행 기차의 몸통도 그래피티로 도배되어 있었다. 진은 고개를 절레절레 저었고, 나는 요즘 아이들이 만들어낸 '힙'한 분위기의 기차를 타고 기원전 8세기에 만들어진 도시로 떠난다는 사실에 들떴다.

우리 자리는 서로 마주보는 창가 좌석이었다. 기차를 타보니 서로 마주 앉는 게 모르는 사람과 무릎을 맞대고 가는 것보다 나았고, 운 좋으면 옆자리가 비어 더 편하게 갈 수 있어 좋았다. 캐리어를 보관대에 넣어두면 계속 신경 쓰이는데, 옆에 두고 갈 수도 있다. 무엇보다 마음 편히 차창 가득 펼쳐질 시칠리아 내륙 풍경을 보고 싶었다. 기차나 버스에서 나란히 앉을 경우 번번이 창가 자리를 양보하는 진에게 미안하던 터였다.

좌석을 찾아 자리에 앉고서도 기차가 출발할 때까지 옆자리에 온통 신경이 쏠렸다. 드디어 옆자리가 비는 행운을 얻은 채 기차가 출발했다. 남은 시칠리아 여행에 대한 상서로운 암시로 여기며 창밖을 보는 순간 나는 절망하고 말았다. 차창 가득한 그래피티로 밖이 하나도 안 보였기 때문이다.

그동안 그래피티에 분노까지 했던 진은 자면서 갈 거라며 느긋한 표정이었지만, 창밖 풍경을 고대했던 나는 울화통이 치밀었다. 나를 보는 진의 표정에 '왜, 젊은이들의 문화라며?'라는 말이 씌어 있는 듯했다. 그동안 말한 게 있어 차마 소리 내 불평하지는 못하고 속으로만 '기차 몸통은 몰라도 창에까지 하는 건 민폐잖아.' 하며 투덜댔다. 그러면서도 나 자신의 얄팍함이 몹시 부끄러웠다. 나의 이해심과 아량은 내가 피해 보지 않는 선에서였던 거다.

나는 가는 내내 창이 멀쩡한 빈자리를 찾아다녀

야 했다. 역마다 그 자리에 승객이 올까 봐 불안해하면서. (인터넷을 검색해보니 '그래피티'는 이탈리아어로 '낙서'라는 뜻이고 대부분의 나라에서 무단으로 그린 그래피티는 범죄행위로 간주한다고. 물론 나는 그 사실을 진에게 말하지 않았다.)

드디어 카타니아역에 도착했다. 시칠리아 제2도시라고 해서 부산처럼 활기찬 분위기를 상상했는데 역 건물도 광장도 썰렁할 만큼 한산했다.

우리는 역에 있는 카페테리아에서 점심을 먹었다. 베이컨이 든 샌드위치와 커피. 아메리칸 스타일로 주문한 커피는 작은 잔에 나왔다. 커피의 고장 이탈리아에서 가장 그리웠던 건 큰 사이즈의 아메리카노였다. 빵이나 샌드위치와 함께 시킨 커피는 언제나 음식을 반도 먹기 전에 바닥이 났다. 한 잔 넘게 마시면 밤에 잠을 못 자니 더 시킬 수도 없고. 한여름에도 '뜨아'파인 나는 여행하는 내내 큰 머그잔 가득 담긴 연하고 뜨거운 아메리카노를 양껏 마시는 게 소원이었다.

식사를 마치고 호텔로 가기 위해 택시를 탔다. 택

시는 시내 골목들을 거치며 외곽에 있는 호텔로 향했다. 밖으로 보이는 도시의 첫인상은 우중충한 잿빛 건물들 때문에 낡고 지저분한 느낌이 들었다. 부서진 벽과 녹슨 철문, 베란다에 내걸린 빨래. 거기에 그래피티가 잔뜩 있으니 도심인데도 슬럼가 같아 보였다. 그런 곳에 호텔을 잡지 않길 잘했다고 생각하는데, 진이 '카타니아는 별로 볼 게 없을 것 같다.'고 하자 순순히 수긍하기 싫어졌다. (카타니아가 화산지형이라 화산석으로 지어 건물들이 잿빛이라는 걸 나중에 알았다.)

우리가 카타니아에 숙소를 잡은 건 대중교통을 이용해 인근 도시를 여행하기 위해서다. 진이 신용카드를 가져왔으면 차를 렌트해서 자유롭게 다닐 수 있었을 텐데. 내가 놓친 부분인데도 진을 탓하게 될 만큼 나 또한 카타니아에 실망이 컸다. 하지만 그 감정은 멀리 신화의 한 장면처럼 펼쳐진 에트나 화산을 보는 순간 말끔히 사라졌다.

카타니아는 시칠리아 동쪽 어디에서나 보이는 에트나 산자락에 자리 잡은 항구도시다. 해발 3천

350미터로 유럽에서 가장 높은 에트나산은 지금도 활발하게 활동하고 있는 활화산이다. 인간들이 그런 산을 그저 보고만 있을 리 없다. 제우스가 상반신은 인간, 하반신은 뱀의 모습을 한 반인반수 괴물 티폰(그리스 신화에서 가장 강한 괴물로, 태풍을 뜻하는 영어 '타이푼'의 어원이다.)을 가둔 곳, 대장장이 헤파이스토스의 대장간이 있는 신화의 무대로 만들었다. 에트나 화산이 분화하면 사람들은 티폰이 움직이기 시작한다고 믿었고, 연기와 구름이 산을 가리면 헤파이스토스가 그 속에서 무언가를 만들고 있다고 여겼다.

신화를 접하면 일단 마음이 웅혼해진다. 관계나 일상의 자잘한 문제, 그로 인한 부대낌이 별일 아니게 여겨지고 좁아졌던 가슴도 한껏 펴진다. 택시가 에트나산을 바라보며 이오니아 해안도로를 달리는 동안 진에게 삐죽삐죽 솟았던 감정들도 가라앉았다. 아무리 진에게 불만스러운 점이 있어도 함께 와서 좋다는 생각이 더 컸다. 진도 그러했으리라.

렌터카 여행을 포기하며 급하게 잡은 카타니아의 호텔은 이오니아해와 도로 하나를 둔 곳에 있었다.

해안도로를 달리며 바다를 실컷 보자던 계획이 무산된 상실감을 바다 앞 호텔로 달래기 위해서였다. 기차역과 버스 터미널이 있는 시내에 가려면 택시를 이용해야 하는 불편은 기꺼이 감수하기로 했다.

호텔에 도착. 커튼만 젖히면 눈앞에 이오니아해가 펼쳐지는 광경을 상상하며 예약했으나 바다 전망 방은 이미 만실이었다. (새벽마다 복도 끝에 있는 공용 베란다로 나가 일출을 보는 걸로 아쉬움을 달랬다.)

바다 반대쪽으로 창이 난 우리 방에서는 마트와 상점, 주택 들 뒤로 산이 있는, 한국 어디에서나 볼 수 있을 것 같은 평범하고 소박한 동네가 보였다. 눈만 돌리면 이름난 건축물들이 있어 북적거리는 팔레르모 시내 한복판에서 지내다 와서인지 평범한 주택가 풍경이 마음에 들었다. 베란다로 나가니 기분 좋은 바람, 석양의 풍요로운 빛과 온기를 담은 햇살이 가득했다.

"빨래 널면 잘 마르겠다."

무심코 했던 말을 실행에 옮겨 우리는 양말과 손수건을 빨아 베란다에 널었다. 호텔의 앞면인 바다 전망 방이었으면 하지 못했을 일이었다. 빨래를 널자 호텔 객실이 여느 동네 아파트 한 칸이 된 것 같았다. 진과 나는 간이 테이블에 앉아 바람이 뒤적여놓은 몸과 마음 갈피갈피를 비춰주는 햇살을 즐겼다. 오랜 여행을 마치고 집에 돌아와 쉬는 기분이었다. 우리는 그 기분을 좀 더 즐기기 위해 식당 대신 베란다에서 저녁을 먹기로 했다.

해변 산책을 하고 마트에도 갈 겸 가벼운 차림에 슬리퍼를 끌며 호텔을 나섰다. 놀이시설과 농구 코트 같은 운동시설이 있는 해변 공원은 관광객보다는 그 동네 주민을 위한 공간이었다. 부모와 함께 나온 어린 아이들, 농구하는 청소년들, 갯바위 위에서 낚시하는 사람들…….

사람들과 풍광을 구경하며 거닐다가 호텔 베란다에서 보이던 마트로 갔다. 그 동네의 번화가인 듯 마트가 있는 골목엔 옷가게, 구두가게, 세탁소 등이 있었다. 한국의 마트처럼 채소와 할인 물품을 가판대에 내놓은 모습이 울컥하는 향수를 자아냈다.

식료품과 생필품이 가득한 마트는 쇼핑 나온 동네 사람들로 붐볐다. 그동안 필요한 물건이 있을 때

상점을 찾아가긴 했지만 그 지역 주민들이 이용하는 큰 마트는 처음이었다. 카트까지 끌고 본격적으로 장을 보기 시작했다. 오래간만인 일상적인 장보기에 흥분한 우리는 서로를 부추기며 그 동네에서 한 달은 살 것처럼 물건을 담았다. 갖가지 빵과 소시지, 치즈, 견과류, 이탈리아 과자들, 컵라면, 생수, 맥주, 와인, 오이, 파프리카, 체리, 오렌지, 사과는 물론 종이 접시와 컵, 10개들이 빵 칼까지(5개씩 나눠 가진 그 칼은 지금도 잘 쓰고 있다.) 카트가 그득했다. 결국 우리는 카타니아에 머무는 동안 계속 '집밥'을 먹어야 했다.

그뿐인가, 우리는 그 방에서 염색도 했다. 한국에서 진과 나는 한 달에 한 번씩 미용실에서 만나 염색을 해왔다. 평소 미용실 가는 걸 아주 귀찮아하는 나는 커트고 염색이고 때를 넘겨서 겨우 하곤 했다. 그러다 흰머리가 많아지면서 제때에 머리를 관리하고 친구도 만날 겸 진이 다니는 미용실로 가기 시작했다. 나로서는 쉰 살이 훌쩍 넘어 처음 갖게 된 단골 미용실이었다.

원장이 긴 여행을 가는 우리에게 염색약과 도구

를 챙겨주었다. 벌써부터 정수리와 귀밑머리에서 흰 머리카락이 소복하게 올라오고 있었지만 그동안은 염색할 마음이 생기지 않았다. 누가 본다고 여행 와서까지 염색을 해, 하는 생각도 있었지만 하나라도 뭘 더 봐야지 염색 같은 걸 하고 있어, 하는 마음이 컸다. 침대에서 뒹굴거리며 쉰 날도 많았는데 말이다.

나는 스카프를 보자기처럼 두르고 베란다에 있는 의자에 앉았다. 진이 천연 헤나가루를 물에 개어 내 머리에 발랐다. 어릴 적 할머니 집 방에서 맡았던 왕골돗자리 냄새가 났다. 헤나로 염색하면 흰머리가 빨갛게 물든다. 물들지 않은 검은 머리카락과 빨간 머리카락이 섞인 머리를 보고, 내가 투톤으로 염색할 만큼 감각이 있다고 오해하는 사람들도 있다. (그런 오해 많이 해도 좋다!) 서로 해주기로 했는데 진이 (똥손인) 나를 못 믿겠다며 자기 머리 염색은 스스로 했다. 헤나가 마르면 가루가 바닥에 떨어진다. 랩 대신에 비닐봉지를 뒤집어쓰고 마주 앉아 있자니 여기가 한국 미용실인지, 에트나 화산 자락에 있는 카타니아인지 분간이 안 갔다.

누군가 말하길 어떤 일이 햇빛에 바래면 역사가 되고, 달빛에 물들면 신화가 된다고 했다. 이탈리아에서 보내는 진과 나의 일상도 밤마다 뜨는 달빛에 물들며 우리의 신화가 돼가고 있었다.

가지 않은 길

◇◇◇ 타오르미나 ◇◇◇

카타니아 터미널에서 버스를 타고 타오르미나로 향했다. 해발 2백여 미터 되는 절벽 위에 자리 잡은 타오르미나는 고대 그리스의 식민도시로 건설되었다. 풍광이 아름답고 기후가 온화해 고대 그리스부터 현재까지 많은 이들이 찾는 휴양지이며 관광지이다.

이오니아해를 끼고 꼬불꼬불한 오르막길을 한시간 넘게 달린 다음 버스를 내려서도 가파른 비탈길을 더 걸어 올라가야 성문에 다다른다. 성문을 들어서자 중세풍 건축물들과 광장, 아기자기한 가게와 카페, 식당 들이 있는 예쁜 거리가 보였다. 하지만 가장 먼저 가보고 싶은 곳은 그리스식 극장이었다.

여행 준비를 하며 검색하다 오토 겔렝이라는 독일 화가가 그린 19세기 타오르미나 풍경들을 보게 됐다. 겔렝이 타오르미나 풍경을 그린 그림들로 베를린과 파리에서 전시회를 열었을 때 사람들은 상상에 의한 그림으로 치부했다고 한다. 믿지 않는 사람들에게 겔렝이 '그곳에 직접 가보고, 사실이 아니면 경비를 다 물어주겠다.'고 했다는 일화가 전해진다.

그가 그린 타오르미나 풍경 중에서 내 마음을 사로잡은 건 그리스인들이 무려 2천 3백 년 전에 만들었다는 극장이었다. 신전의 기둥 같은 건축물들이 허물어진 채 서 있는 무대 뒤로 푸른 지중해와 연기를 피워 올리는 에트나 화산이 펼쳐져 있다. 대자연을 무대로 하는 공연이라니. 복원된 현재 모습보다 무너진 채 자연의 일부가 된 듯한 오토 겔렝의 그림 속 극장이 더 아름답고 신비로워 보였다.

극장 돌계단 객석에 앉으니 그림에서처럼 신전 기둥이 세워진 무대 뒤로 에트나산과 바다가 펼쳐졌다. 구름 사이로 햇살이 비치자 천지창조의 한 장면

같다. 장엄한 풍광에 인간이 아니라 신들의 무대가 펼쳐질 것만 같은 느낌인데 지금도 꾸준히 공연이 열리고 있단다. 저 무대에서 공연할 때 배우들은 어떤 느낌이 들까? 그 마음을 상상하다보니 한 번도 장래 희망이라고 내세워본 적 없던 꿈이 생각났다.

초등학교 때부터 내 꿈은 작가였지만 먼저 (재능이라고 하기엔 미미한) 재주가 발현된 건 연기에서였다. 유년기를 보냈던 충청도 할머니 댁 산골 마을엔 집집마다 스피커가 달려 있었다. 사람들은 그 스피커로 이장 집에서 틀어주는 라디오를 듣곤 했다. 나는 대여섯 살 때부터 그렇게 라디오 연속극을 좋아했다고 한다. 할머니는 생전에, 그 어린 게 뭘 안다고 눈물을 뚝뚝 흘리며 연속극을 듣고, 그럴듯하게 성우들을 흉내 내 가족은 물론 동네 사람들까지 울리고 웃겼다고 말씀하시곤 했다. 손주에 대한 할머니의 기억인 만큼 과장되거나 왜곡된 부분이 있을 테지만 보자기를 뒤집어 쓰고 울면서 비련의 여주인공 대사를 따라 했던 건 나도 어렴풋이 기억난다.

서울로 올라와 입학한 초등학교 시절은 그다지 내세워 기억할 만한 일이 없다. 아이들에 비해 생일이 늦어 반에서 거의 제일 작았던 데다, 충청도 사투리 때문에 놀림을 받는 게 싫어 입도 제대로 떼지 못했다. 한 반에 70명이 넘는 콩나물시루 같은 교실에서 콩나물 한 가닥만큼의 존재감도 없던 나는 아이들과 노는 대신 책을 읽기 시작했다.

중학교에 올라가자 국어 시간에 교과서에 실린 라디오 극본이나 희곡으로 약식 공연을 하는 경우가 생겼다. 그때마다 나는 반 아이들을 대상으로 한 오디션에서 뽑혀 비중 있는 역할을 맡곤 했다. 여전히 공부도 못하고, 사교성도 없고, 한구석에서 조용히 책이나 읽던 내가 어떻게 아이들 앞에 나설 용기를 냈는지 모르겠다. 아무튼 잠시라도 다른 인물을 표현하는 게 부끄러움을 무릅쓸 만큼 재미있었던 것 같다. 그 느낌이 너무 매혹적이어서 연극배우가 되고 싶은 생각도 있었지만 드러내지는 못했다. 그걸 꿈이라고 하면 남들이 비웃을 것 같았다. 나 스스로도 배우 할 용모는 못 된다고 생각했으니까.

고등학교 때 그 공연을 잘 마쳤다면 혹시 배우라는 꿈도 가지고 있다고 말할 수 있었을까. 그 길을 도전이라도 해보았을까. 미션스쿨이라서 우리는 조회와 종례 시간마다 성경 구절을 읽고 번호순으로 돌아가며 기도를 했다. 1학년 담임 선생님은 내 차례가 돼 (내용을 써서 읽었을 뿐 신앙심이라곤 눈곱만큼도 없는) 기도를 하고 나면 목소리가 좋다고 칭찬해주었고, 특별한 기도나 성경을 읽을 때면 내게 시키곤 하셨다.

학년 말 학교 게시판에 붙은 교내 성탄극 공연 안내와 배우 오디션 공고문을 보자 열정이 끓어올랐다. 크리스마스 무렵에 하는 공연에는 학생들과 부모, 지역 주민까지 초대한다고 했다. 나는 주인공인 눈먼 목동 역에 지원했다. 주인공이라서 그 역할을 원했던 건 아니다. 시력이 많이 나빴던지라, 안경을 벗으면 정말 잘 안 보이니 저절로 '메소드 연기'를 할 수 있을 것 같았다. ('메소드'라는 단어를 모를 때였지만 의미는 그와 같았다.) 나는 그 역할에 뽑혔고, 집에다 주인공이 됐다고 자랑도 했다.

대사도 다 외우고 연습이 한창이던 어느 날 교감 선생님이 시청각실에 오셨다. 지도 교사인 국어 선생님과 우리는 교감 선생님의 등장에 긴장하면서도 한껏 고무돼 더 열심히 했다. 그런데 뭔가 영 마뜩지 않은 얼굴로 지켜보던 교감 선생님이 우리를 앉혀놓고 이야기를 시작했다. 격려나 응원을 기대했던 우리에게 배우는 (비중 있는 역할을 맡은 배우는 더더욱) 이목구비가 뚜렷해야 하고, 교내 인지도가 있어야 하고, 공부도 잘해야 하고, 어쩌고 하며 장광설을 늘어놓았다. 아무리 눈치가 없어도 교감 선생님이 하는 말의 의미가 뭔지는 알아들었다. 성적은 둘째치고라도 이목구비가 뚜렷하지 않고, 교내 인지도는 더더욱 없는 나는 배웃감이 아닌 거다. 스스로도 자신 없어 하던 부분 아닌가.

　　결국 내 역은 학도호국단 임원인 애한테로 돌아갔다. 나보다 예쁘고, 키도 크고, 공부도 잘하고, 인지도도 당연히 높은 애였다. 나보다 연기도 잘했는지는 모르겠다. 자진해서 빠지고 다시는 그 연극에 관심을 두지 않았으니까. 물론 공연도 보러 가지 않았다. 내가 빠진 그 연극이 망하길 빌었던 것도 같다.

그때 그 공연을 끝까지 잘 해냈다면 어땠을까. 자신감을 얻어 작가와 배우라는 꿈 사이에서 갈등을 겪지는 않았을까. 성격상 결국 혼자 일하는 작가를 택했을 것 같기는 하다.

지금 생각하면 교감 선생님의 폭력에 가까운 편견과 횡포가 어이없고 화나지만 그때는 그 주장을 수긍하고, 상처를 안으로 감춘 채 다시 조용히 책이나 읽는 아이로 돌아갔다. 그리고 좌절된 표현에 대한 열망을 소설로 풀어내기 시작했다. 여고생이 대학생 오빠랑 연애하다 백혈병에 걸려 죽는 유의 유치한 이야기였지만 나름 기승전결을 갖춘 픽션을 완성해본 건 그때가 처음이었다. 그 뒤로 나는 내 꿈은 오로지 작가 하나였던 것처럼, 연극배우 같은 건 생각해본 적도 없다는 듯 굴었다.

1984년에 등단을 하고, 몇 년 뒤 결혼을 하고 두 아이를 낳았다. 하루에 버스가 여덟 번 밖에 오지 않는 농촌에 살며 가장 힘들었던 건 문화적 소외감이었다. 바쁜 가운데에서도 늘 볼거리, 할거리를 찾다가 지역 생활정보지에서 주부 연극반을 모집한다는 공고를 보았다. 여성민우회라는 시민 단체에서 낸 거였다. 갑자기 제대로 펼쳐보지도 못한 채 사그라들었던 연극에 대한 열망이 머리를 쳐들었다. 간절한 꿈을 강제로 포기 당해 큰 상처로 남은 듯했고, 취미 활동으로라도 그 상처를 달래주고 싶었다. 아이들을 데리고 다니면서도 할 수 있는 일이라 더 쉽게 시작할 수 있었다.

그런데 연극반에 들기 위해선 여성민우회에 가입해서 신입회원 교육부터 받아야 했다. 대학을 다니지 않았던 나는 그때 처음으로 페미니즘 강의를 들었다. 여성이며, 딸을 키우고, 아이들이 읽는 동화를 쓰면서도 내가 얼마나 여성 문제에 무지하고, 성역할에 관해서도 전통적이고 관습적인 사고에 머물러 있었는지 깨달았다. 그때의 깨우침은 이후의 작품에 많은 영향을 미쳤다.

그렇게 시작한 주부 연극반에서 (여성 문제와 연관된 목적성 강한 극이지만) 여러 차례 공연을 했다. 반응이 좋아 여성 관련 행사에 초대 받아 서울까지 가서 공연을 하기도 했다. 그런데 2년도 안 가 연극을 하는 게 시들해졌다. 그렇게 쉽게 싫증 날 줄 몰랐던 나는 끈기 없는 자신에게 당황했다.

주부 연극반을 그만둔 뒤 나는 또다시 꿈은 오로지 작가 하나였던 것처럼 행동했다. 하지만 싫증 났던 게 아님을 이젠 안다. 무대 대신 작품 속 인물들을 통해 계속 연기를 하고 있었던 거다. 내가 만든 인물들에 깊이 빙의해 먼저 연기해보고 그들의 심리와 행동을 납득하고 이해했을 때서야 글로 옮기곤 했다. 한번도 내세워본 적 없지만 '배우'의 꿈은 작가의 삶이라는 마라톤에 기꺼이 페이스메이커가 되어 지금껏 함께 달려주었다.

우리는 누구나 마음속에 '가지 않은 길'을 품은 채 살아간다. 기억하기를 포기하지 않는 한 그 길은 실패한 길이 아니다. 부서지고 무너진 채로도 무대이기를 포기하지 않는 타오르미나 극장이 그 사실을 말해주고 있다.

페르마타, 나 자신과의 만남

◇◇◇ 라구사 ◇◇◇

하루 뒤면 시칠리아를 떠난다. 아침 8시, 콜택시를 타고 혼자 카타니아 시외버스 터미널로 갔다. 시칠리아에서의 마지막 여행지인 라구사로 가기 위해서였다.

누적된 피로 증세가 심해진 진은 호텔 앞 해변에서 길고양이들과 놀겠다고 남았다. 정이 많고 동물을 사랑하는 진은 여행 내내 빵 부스러기를 싸 들고 다니며 비둘기나 거리의 동물들에게 주곤 했다. 호텔 앞해변에도 길고양이들이 많았는데 비쩍 마른 모습에 마음이 아팠던 거다.

터미널에서 라구사행 표를 사고, 노선별 버스 시

간표들도 챙겼다. 아는 지명을 보자 속이 쓰렸다. 라구사, 모디카, 노토, 시라쿠사는 서로 멀지 않은 곳에 있다. 차 렌트를 계획했을 때 지도 앱을 이용해 동선을 짰던 기억이 떠올랐다. 승용차로는 하루 만에도 돌 수 있지만 대중교통으로는 무리인지라 고민 끝에 라구사를 택한 것이다.

두 개의 석회암 골짜기에 있는 라구사는 그리스 식민지에서 피난 온 사람들이 만든 고대도시다. 17세기 지진으로 도시 대부분이 파괴된 뒤 귀족들은 유명한 건축가들에게 의뢰해 바로크풍의 도시를 건설했다. 그 도시가 바로 내가 가려는 라구사 이블라다.

버스는 차창 가득 시칠리아 남동쪽 풍광을 담은 채 마을과 마을 사이의 길을 달렸다. 일요일인 데다 이른 시간이어서인지 승객은 나까지 네 명뿐이었다. 친척 결혼식에라도 가는 듯 양복을 갖추어 입은 노신사와 자매로 보이는 중년 여성 둘은 현지인이었다.

라구사 터미널에서 버스를 내려 도심으로 갔다. 때마침 벼룩시장이 열리고 있었다. 장난감, 그릇, 책,

옷, 시계, 신발, 액세서리……. 상품 가치나 골동품으로서의 가치도 그다지 없어 보이는 물건들을 펼쳐놓은 주인들은 삼삼오오 모여 수다 떨기 바빴다. 손님에게 관심을 주지 않는 덕분에 마음 편히 구경할 수 있었다. 또 때마침 미사를 올리는 성 조반니 성당에서 영혼을 울리는 것 같은 성가를 들었다. 운이 좋았다. 나는 한국에서라면 결단코 피했을 가파른 계단을 힘든 줄 모르고 오르내리며 라구사 이블라에서 한나절을 보냈다.

관광안내소 광장에 매점이 있었다. 쉴 겸 해서 젤라또를 사 들고 파라솔 아래 앉았다. 내게 젤라또를 퍼주고 밖으로 나온 배불뚝이 주인아저씨가 일본인이냐고 물었다. "코리아에서 왔다."고 하자 위냐, 아래냐 물었다. 아래라고 하니 또 코리아는 중국 글자를 쓰는지 아니면 일본 글자를 쓰는지 물었다. 나는 발끈해서 한글이라는 우리나라 고유의 글자가 있다고 대꾸했다. 그다음엔 라구사엔 혼자 왔는지, 인상이 어떤지, 이탈리아에선 얼마나 머물 것인지 등 현지인과 관광객 사이에 오갈 법한 이야기가 이어졌다.

그만 일어설 때가 돼서 가게 주인에게 버스 터미널까지 가는 교통편을 물었다. 걸어서 온 길이지만 너무 많이 돌아다녔더니 갈 때는 차를 타고 싶었다. 아저씨는 안내지도를 가지고 와 상세하게 알려주었다. 버스를 타러 일어서는 내게 주인은 "사요나라." 하고 인사했다. 또 다른 한국 관광객이 와도 똑같은 이야기를 나눌 것 같아 슬며시 웃음이 나왔다. 아저씨가 알려준 버스를 타고 터미널로 가며 생각해보니 그도 나도 신통찮은 영어로 꽤 많은 이야기를 나누었다.

터미널 근처 카페에서 커피와 빵으로 늦은 점심을 먹고 카타니아행 버스를 탔다. 아침과 달리 차 안엔 사람이 많았다. 뒷자리를 차지하고 앉아 시끄럽게 떠드는 한 떼의 청소년, 아기를 안은 젊은 엄마, 서로에게서 손길을 떼지 못하는 연인, 스마트폰만 들여다보고 있는 청년, 대화가 없는 중년 부부……. 그리고 내 앞자리에 앉은 할머니.

버스를 기다릴 때, 보따리 여러 개를 발치에 놓고 앉아 있던 할머니가 이탈리아어로 말을 걸어왔다. 못 알아들었지만 어디서 왔냐고 묻는 것 같았다. 나는 상냥한 미소와 말투를 장착한 채 영어로 코리아에서 왔다고 대답하고 이탈리아 말을 못 한다고 덧붙였다. 할머니도 영어를 모르는 듯했으니 내 말을 알아듣지 못했을 거다. 이로써 우리는 서로 대화를 나눌 수 없는 사이라는 게 확인됐다. (말이 통한다고 해도 무료한 노인의 호기심이나 풀어주어야 할 게 뻔한 대화는 하고 싶지 않았다.)

할머니는 무턱대고 계속 이탈리아어로 말을 했다. 이탈리아 사람들 놔두고 왜 나한테 이러나 싶었다. 하긴 말 들어주는 사람이 없겠지. 그런데 할머니가 나를 뭔가 측은해하는 눈빛으로 보았다. 순간 한국어로 치환된 대사가 들리는 것 같았다.

나는 농민운동을 하는 남자와 결혼해서 몇 년을 시부모님, 시동생들과 한집에서 살았다. 제사를 지낸 밤이면 제삿밥을 돌리고, 부모님 생신이나 아이 돌잔치엔 마을 사람을 모두 부르는 농촌이었다. 어느 집에 숟가락이 몇 개 있는지까지 다 아는 마을에 새로 들어간 나는 당연히 관심의 대상이 됐다. 그뿐 아니라 나와 비슷한 시기에 결혼한 다른 집 며느리와도 비교당해야 했다.

남편 친구의 아내이기도 한 그 새댁은 장화 신고 돼지 똥도 척척 치우고, 서글서글하니 동네 사람들과도 잘 어울렸다. 반면에 나는 사람들 눈에 집은 난장판으로 만들어놓은 채 방에만 틀어박혀 있는 게으른 새댁이었다. 서툰 살림을 하고, 아이 낳아 키우고, 글을 쓰느라 허덕대며 살았지만 잘못 얻은 며느리로 평가되었다. 심지어 남편이 '나라에 반항하는 못된 짓'을 하는 게 다 내 부추김 때문이라는 오해까지 받았다. (남편이 그렇게 내 말을 잘 듣는 사람이었다면 우리는 훨씬 더 행복했을 거다.) 나는 할 일 없이 말을 만들어내고 옮기는 동네 할머니들이 싫었다.

시간이 지나 내가 작가이며 책을 써서 돈도 번다는 게 알려졌다. 내 또래인 동네 여자가 자기도 컴퓨터를 사고 싶다고 했다. (컴퓨터가 아직 대중적이지 않던 시절 나는 동네에 유일한 컴퓨터로 작업을 했다.) 이유를 물었더니 나처럼 돈을 벌고 싶어서란다.

"글은 아무개 엄마가 쓰나, 컴퓨터가 쓰지."

그 말이 농담 아닌 진심임을 알았을 땐 외딴 섬에 고립된 느낌이었다.

노인은 물론 나와 같은 세대들로부터도 이해받지 못해 외롭고 힘들던 시기, 유일한 즐거움은 한 달에 두어 번 시내 서점에 나가 책 구경을 하고 읽을 책을 사오는 거였다. (인터넷 서점이 없던 시절이다.) 어느 날 책이 든 종이 가방을 양손에 들고 버스에서 내리니 동네 할머니들이 나무 그늘에 죽 앉아 있었다. 나는 또 무슨 흉거리를 잡힐까 걱정하며 인사를 했다.

"뭘 그렇게 잔뜩 들고 와?"

그렇지. 참견 안 할 리가 없다.

"책이에요."

짜증 나는 마음을 숨긴 채 얼른 지나치는데 내 뒤로 혀 차는 소리가 들려왔다.

"쯧쯧, 벌어먹고 사느라고……."

저건 무슨 뜻? 책 써서 돈을 번다니까 혹시 내가 책 보따리를 들고 다니며 파는 줄 아는 걸까. '무식한' 노인네들 같으니라고. 나는 땅을 쿵쿵 밟으며 집으로 갔다.

'쯧쯧, 어쩌다 이렇게 외국까지 와서 혼자 다니나……'

이탈리아 할머니의 눈빛에 담긴 말이 내게는 그렇게 들렸다.

'아니거든요. 팔자 좋게 여행 다니는 중이거든요!'

나는 휴대폰을 보는 척하며 할머니를 피해 자리를 옮겼다.

버스가 도착하자 사람들이 우르르 타기 시작했다. 할머니가 가진 짐들이 신경 쓰였지만 괜히 들어준다고 나섰다가 붙잡혀 옆자리에 앉게 될까 봐 나중에 탔다.

버스를 오르는데 맨 앞자리에 앉아 있던 할머니가 (우리가 무슨 사이라고) 나를 기다린 듯 반가운 얼굴로 뒷자리를 가리켰다. 다행히 할머니 곁에는 어떤 아주머니가 앉아 있었다. 할머니가 돌아앉아서까지 말을 걸까 봐 최대한 멀리 떨어져 앉고 싶었지만 마땅한 빈자리가 없었다.

할머니는 내가 통로 자리에 앉은 아가씨를 지나

창가에 앉는 것을 확인하곤 만족스러운 미소를 지으며 고개를 돌렸다. 설마 내 자리를 맡아주었던 건가. 순간 스치고 지나간 생각을 모르는 척했다.

어렸을 때는 내 할머니, 할아버지를 비롯해 노인들을 좋아했다. 하지만 젊은이가 되면서부터 노인이 싫어졌고 농촌에 살면서는 노인에 대한 고정관념이 생겼다. 고루함과 완고함, 무례한 관심, 쓸데없는 노파심, 지겨운 잔소리 들이 노인의 표식 같았다. 젊음이 영원할 줄 알았던 때다. 또 나는 나이 들어도 다를 거라고 확신했던 때다.

예순을 맞이하는 게 두렵다고 호들갑을 떨며 여행까지 준비했지만 사실 나는 언제나 내 나이를 좋아한 편이었다. 쉰이 넘어서도 나이 밝히는 걸 주저했던 적이 없다. (나이보다 젊다는 소리를 듣고 싶어서는 아니었나 하는 생각이 문득 들지만, 그보다는) 저절로 흐른 세월이 아니라 성실하게 한 걸음, 한 걸음 걸어 도달한 나이 아닌가. 그동안 살아낸 세월 덕분에 웬만한 방지턱은 여유롭게 넘을 수 있는 삶의 내공을 갖게 됐다. 지금 내가 누리는 여행의 호사도 따지고 보면 시간과 돈과 마음의 여유가 생긴 덕인데, 그 또한 이 나이여서 가능한 일이다. 그리고 만일 더 젊어서 이 여행을 했다면 진과의 사이도 파국으로 치달았을지 모른다.

나이 드는 것에는 꽤나 호의적이면서 '늙음'에 대해선 아니었다. 영원히 젊을 줄 알았던 때처럼 나는 나이 들어도 늙지는 않을 거라고 자신하고 있었던 거다. 이번 여행을 계획했던 것도 어쩌면 늙지 않았다는 걸 확인, 또는 증명하고 싶어서였는지 모른다. 나는 내게도 머잖아 닥칠 늙음에 대해 온갖 고정관념과 편견을 가진 채 혐오하고 있었음을 깨달았다. 시시각각 저벅저벅 다가오고 있는 늙음을 부정하고 혐오하면서 어떻게 앞으로 맞을 내 나이를, 나 자신을 존중하고 사랑할 수 있을까.

버스는 중간중간 정류장에 서서 사람을 내려놓거나 태웠다. 나른한 오후 현지인들과 함께 로컬 버스를 타고 올리브 나무 들판 사이를 달리고 있는 게 마치 누군가의 꿈속에 들어와 있는 것처럼 비현실적인 느낌이었다.

버스가 한 정류장에 섰을 때 앞자리에 있던 할머니가 일어섰다. 여기서 내리시려나보다 하고 있는데 할머니가 나를 돌아다보았다. 다시는 볼 일 없을 노인을 배웅하기 위해 엉거주춤 일어서자 할머니가 의자 너머로 나를 안았다. 내 등을 토닥이는데 할머니의 마음이 들리는 것 같았다.

'여행 안전하게 하고, 집에 잘 돌아가시우.'

코끝이 찡해져 할머니가 보이지 않을 때까지 손을 흔들었다. 할머니가 내린 정류장 표지판엔 페르마타fermata라고 씌어 있었다. '페르마타'는 '정류장', '잠시 멈춤'이란 뜻이기도 하지만 악보의 늘임표를 부르는 단어이기도 하다. 음표나 쉼표에 늘임표 기호가 있으면 본래 박자보다 두세 배 길게 늘여 연주해야 한다.

페르마타라는 단어에 여행의 본질이 담겨 있는 것 같다. 잠시 멈추어 평소엔 바쁘다고 밀쳐두었던 것들을 여유 있게 생각하는 것. 실은 평소 일상에서 누리며 살아야 하는 것들이다.

이제 버스는 석회암 언덕과 거친 잡목이 우거진

황량한 풍경을 지나고 있었다. 내가 시칠리아에 기대했던 모습이다. 20일 넘게 이탈리아를 다니며 인간이 만들어놓은 멋진 유물과 위대한 유적과 아름다운 풍경을 원 없이 보았다. 시칠리아에서는 인간의 손길이 닿지 않은 날것 그대로의 대자연을 보고 싶었다. 내가 이번 여행에서 마주하길 기대했던 '나'도 그와 같은 것인지 모른다.

인간은 누구나 자신에게 주어진 역할을 수행하며 살아간다. 나는 그 역할을 통해 진정한 행복과 기쁨을 느꼈으며 인간으로서도 많은 성장을 했다. 하지만 책임이나 의무가 버거워 벗어버리고 싶었던 적도 많았다. 페르마타의 시간을 보내는 동안 나도 모르는 새 역할에 맞추었던 옷이나 가면을 시나브로 벗어버리고 있었다.

라구사를 오가는 길, 홀가분하고 자유로워진 내 안의 내가 함께해준 덕분에 외롭지 않았다. 누구의 엄마나 아내, 자식, 작가 이금이도 아닌 오롯한 나 자신. 나이 들고, 늙어가고, 언젠가는 죽을⋯⋯.

상처뿐인 영광

비행기가 이륙했다. 시칠리아를 떠나는 길이다. 비행기 창으로 〈오 솔레 미오〉를 떠오르게 하는 눈부신 햇살이 비쳐들고 있었지만 내 마음은 힘껏 구겼다 놓은 종잇장처럼 구깃구깃했다. 어제 왜 그런 짓을 했을까.

어제 라구사에서 돌아오는 길, 나는 한껏 충만해진 기분으로 카타니아 풍경을 내다보았다. 서쪽 하늘에 걸린 햇살이 아직 환했다. 혼자 보내며 오롯한 나 자신과 만난 시간은 여행의 절정으로 삼았던 시칠리아에서의 마무리로 완벽했다. 아직 에필로그도 남아 있었다. 진과 괜찮은 레스토랑에서 마지막 만찬을 즐기고, 이오니아 해변을 산책하며 시칠리아와 작별하는 시간을 갖기로 했다. 그런데 터미널이 다가올수록 마음이 엉뚱한 방향으로 달뜨기 시작했다. 아침에 챙겼던 버스 시간표 때문이었다. 카타니아 터미널에 도착하면 마침맞게 시라쿠사로 가는 버스가 있었다. 시라쿠사에서 카타니아로 돌아오는 막차를 타기까지 한 시간가량 여유가 있다. 그 한 시간이 유혹하는 힘은 엄청나게 강렬했다.

시라쿠사는 2천7백 년이나 된 도시로 수많은 문화유산을 가졌으며, '유레카'로 유명한 아르키메데스의 출생지이지만 내겐 영화 〈말레나〉의 촬영지로 각인되어 있었다. 모니카 벨루치가 주인공인 〈말레나〉는 〈시네마 천국〉의 감독 주세페 토르나토레가 만든 영화다.

애초에 시라쿠사, 바다가 보이는 호텔에서 묵고 싶었다. 바다를 보며 조식을 먹은 다음 모니카 벨루치가 뭇 남자들의 시선을 한 몸에 받으며 걸어가던 두오모 광장을 거닐고, 바다에도 들어가봐야지. (수영복까지 입고 물놀이를 즐기기로 계획했던 바다는 시라쿠사뿐이

다.) 차 렌트를 포기하며 카타니아에서 묵고, 가볼 곳
으론 타오르미나와 라구사를 선택했다. 시라쿠사를
포기한 아쉬움이 컸기에 두오모 광장만이라도 밟아보
고 싶었다.

충동적으로 결정한 나는 버스가 터미널에 도착
하자마자 돌진하는 투우장의 소처럼 매표소로 달려갔
다. 시라쿠사행 왕복표를 달라고 하자 직원이 한 시간
있다 돌아와야 하는데 표 제대로 끊는 거 맞느냐고 확
인했다. 나는 힘차게 대답했다. 예스!

시라쿠사로 가는 차에서 진에게 메시지를 보냈
다. 카타니아까지 왔다가 다저녁때 또다시 다른 데를
다녀온다고 하면 걱정할 것 같아 라구사에서 늦게 출
발한다고 둘러댔다. 배고프면 먼저 저녁을 먹으라고
했더니 진은 기다리겠다고 했다.

버스 종점은 시라쿠사 기차역 앞이었다. 나는 미
리 백팩을 메고, 지도 앱도 켜놓은 채 준비하고 있다
가 버스 문이 열리자마자 제일 먼저 뛰어내렸다. 두오
모 광장을 향해 냅다 달리기 시작했는데 얼마 안 가

앱이 작동을 멈추었다. 다행히 두오모 광장이 구시가지인 오르티지아섬에 있다는 건 알고 있었다.

한 시간이라는 한정된 시간 속에 있자 시간을 분, 초로 따지게 됐다. 뛰다가 숨차면 빠르게 걷다 하며 오르티지아섬 쪽을 어림짐작으로 가고 있는데 현장학습 온 듯한 한 떼의 학생들을 만났다. 난 그들이 당연히 세계문화유산이 즐비한 구시가지 오르티지아섬에 갈 거라고 생각했다. (시라쿠사에 수학여행 왔으면 거길 가지 어딜 갈까.) 길 찾느라 지체하느니 학생들을 따라가면 되겠다는 (신통한) 생각에 그들을 따라갔는데……, 오 마이 갓, 그들은 어떤 관공서 건물 같은 곳으로 들어갔다.

경주에서 수학여행 온 학생들을 만나서 '당연히 첨성대나 불국사, 월지 같은 유명한 볼거리를 찾아가겠지.' 하며 따라갔는데 경주 시의회 건물 같은 곳으로 간 꼴이다. 충동과 욕망, 다급함으로 뒤범벅이 된 머릿속도 지도 앱처럼 작동을 멈추었던 거다. 다행히 이정표를 찾아 구시가지로 가는 다리를 건넜다. 아폴론 신전도 그냥 지나친 채 뛰어가는데 아르키메데스 광장의 디아나 분수가 발길을 잡았다.

디아나는 그리스 신화에서 아폴론의 쌍둥이 누나인 아르테미스로 오르티지아를 수호하는 여신이라고 한다. 활을 메고 선 디아나의 자태가 어찌나 당당하고 아름다운지 그냥 지나치기 아까웠다. 디아나를 둘러싼 조각상과 뿜어내는 물줄기도 멋있었다. 분수 자체만으로 충분히 볼거리가 넘쳤다. 선택을 해야 했다. 그토록 가보고 싶어 했던 〈말레나〉의 광장인가, 눈앞의 아름다운 분수인가.

이제 카타니아로 가는 막차 시간은 30분도 남지 않았다. 아직 어디에 있는지 모르는 두오모를 찾아 가기엔 불안했다. (나중에 알아보니 디아나 분수에서 도보로 3분 거리에 있었다.) 나는 두오모를 포기하고 분수를 몇 바퀴 돌며 사진을 찍은 다음 택시를 잡았다. 걸어가다가는 카타니아행 막차를 놓칠 위험이 컸기 때문이다.

택시는 드라이브라도 시켜주듯 오르티지아 동쪽 해안도로를 달렸다. 도로 규정 때문이겠지만 시라쿠사에 와서 분수 하나 보고 가는 나를 위로해주는 것 같았다. 구 도시와 신시가지를 잇는 다리를 건너 10여분 만에 버스 정거장에 도착했다. 출발 시간까지 10분이나 남았다. 택시비를 내고 수중에 남은 돈도 10유로였다. 버스가 출발하기까지 남은 10분의 10은 여유 있는 숫자였지만 남은 돈 10유로의 10은 턱없이 부족했다. 카타니아 터미널에서 호텔까지 택시비는 25~30유로다.

아침에 진이 돈을 넉넉하게 가져가라고 했는데 혼자 가는 길이고 라구사만 다녀올 예정이었기에 적정한 경비에 여윳돈을 조금만 더 얹어 갖고 나왔다. (우리는 이탈리아 여행 경비 일체를 함께 모았던 돈에서 쓰고 있었다.) 그런데 시라쿠사 왕복 버스비와 택시비가 가외로 지출된 거다. 모자라는 택시비는 진에게 갖고 나오라고 할 생각으로 버스를 탔다.

맨 앞자리에 앉아 불을 밝히기 시작한 저녁 풍경을 찍는데 카메라 배터리가 다 됐다. 나는 휴대폰으로 찍기 시작했다. 에트나 화산이 구름에 잠겨 제대로 보이지 않는 게 안타까웠다. 원경으로라도 에트나 화산 한 번 제대로 남기고 싶어 계속 찍다보니 휴대폰 배터리도 한 칸밖에 안 남았다. 보조 배터리도 없는데. 그

제서야 겁이 나 사진 찍기를 멈췄다.

카타니아가 가까워지자 러시아워인 탓에 도로가 막혔다. 도시에 들어서지도 못했는데 버스는 이미 도착 예정 시간에서 30분을 넘기고 있었다. 밖은 캄캄하지, 택시비는 부족하지, 휴대폰 배터리도 간당간당하지. 불안과 초조가 어둠보다 더 짙게 밀려왔다. 놀이에 빠져 집이고 숙제고 팽개치고 놀다 뒤늦게 정신이 든 아이 심정이었다. 남의 속도 모르고 핸들에 팔꿈치를 얹은 기사는 태평하게 통화 중이었다. 연인하고 통화하는지 표정이며 목소리가 달달하기 그지없다. 나 혼자만이 세상 모든 걱정과 근심을 안고 있는 듯 외로워졌다.

나는 휴대폰이 죽을까 봐 발발 떨며 진에게 메시지를 보냈다. 상황을 대강 설명하고 택시 타면 연락할 테니 돈 좀 갖고 나오라고. 답도 오기 전 휴대폰은 임무를 완수했다는 듯 꺼졌다. 진과 연결됐던 유일한 도구가 사라지니 우주 미아가 된 기분이었다. 가뜩이나 걱정 많은 진은 지워지지 않는 메신저의 1을 보며 얼마나 노심초사할까. 미안하고, 진이 보고 싶었다.

버스는 도착 예정 시간보다 한 시간도 더 늦게 카타니아 터미널 하차장에 도착했다. 두 시간 넘게 애간장을 태웠더니 걱정 근심에 절은 파김치가 된 것 같았다. 하지만 아직 호텔까지 가야 할 일이 남아 있었다.

하차장 주위는 컴컴했고 택시도 보이지 않았다. 터미널 주변인 만큼 택시가 널려 있으려니 했다가 너무 당황스러웠다. 어째야 할지 몰라 서성이고 있는데 어떤 남자가 다가와 택시를 탈 거냐고 물었다. 반가운 마음에 냉큼 호텔 이름을 대면서도 요금을 바가지 씌우면 어쩌나 걱정됐다. 30유로를 부른 남자가 찻길 건너 더 어둑한 곳에 서 있는 차로 날 데려가더니 뒷문을 열어주었다. 영업 택시는 물론 아니고 우버 같은 합법적인 운송수단도 아닌 게 분명했다. 짧은 순간 오만 가지 생각이 들었다. 주로 마피아와 연관된 상상들이었다.

너무 겁이 났지만 휴대폰도 안 되고, 돈도 없고, 택시도 보이지 않으니 다른 대안이 없었다. 그리고 거기까지 가서 안 탄다고 할 용기가 나지 않았다. 그러면 사람이 돌변해서 진짜 무슨 사달이 날 것 같았다. 나는 기사가 노인이라는 사실을 한 가닥 위안으로 삼으며 차에 탔다. (다른 선택의 여지도 없었다. 캄캄한 길에 서 있는 것도 무섭기는 마찬가지였으니까.)

택시는 내가 아는 길로 달리기 시작했지만 긴장이 풀리지 않았다. 기사가 이탈리아 노인답지 않게 말이 없어 더 불안했다. 그리고 아직 넘어야 할 큰 산이 남아 있었다. 휴대폰이 안 되니 진에게 돈을 가지고 나오라고 할 수가 없다. 기사에게 영어로 "돈이 없다. 호텔에 가서 기다려주면 가지고 나오겠다."고 말했지만 못 알아들은 눈치였다.

몸을 앞으로 빼고 손짓 발짓 했더니 노인이 반갑게 "에르뽀르또?" 하고 물었다. "에르뽀르또?" 무슨 말인지 몰라 나도 되물었다. 응, 에르뽀르또. 기사가 손가락을 치켜들더니 슝- 움직이는 흉내를 냈다. 아, 에어포트! 호텔 방에 올라가서 돈을 가져오겠다는 뜻으로 위쪽을 손가락질하며 걷는 시늉을 했더니 공항 픽업으로 알아들은 모양이다. 관광객이 차비도 없이 택시를 탔을 거라는 생각은 못 하겠지. 어차피 내일 콜택시를 불러야 하고, 할아버지를 잠시나마 마피아 일당으로 상상했던 것도 미안해서 공항 픽업을 예약하고 싶지만, 당장 택시비가 없다고요!

공항 픽업을 따냈다고 여긴 기사는 말이 많아졌다. 우리는 각자 하고 싶은 말을 하며 호텔 앞에 다다랐다. 다행히 진이 호텔 문밖까지 나와 기다리고 있었다. 한 시간째 들락거리고 있었다고 했다. 진과 나눌 말은 미룬 채 일단 택시비를 치르고 손가락을 동원해 내일 픽업 시간을 예약했다. 택시를 보내고 돌아서는 순간 진의 '등짝 스매싱'이 날아왔다.

"이 기집애야, 겁대가리 없이 뭐 하는 거야! 휴대폰도 끊기고, 이 시간까지 오지도 않고. 별별 생각이 다 들었단 말이야."

진도 나와 같은, 어쩌면 더한 상상을 하며 두려움에 떨었을 거다. 나는 등에 철썩철썩 와 닿는 진의 손길이 눈물 나게 좋았다. 무사히 진의 곁으로 돌아왔다.

그리고 오늘 아침, 호텔을 나서니 구면이 된 할아버지가 미리 와서 기다리고 있었다. 우리는 무사히 로마행 비행기를 타고 카타니아 공항을 출발했다. 순조

롭게 하루가 시작되고 있었지만 시라쿠사행이 구겨놓은 마음의 자국은 영 펴지질 않았다.

작가는 실패나 실수를 해도 글감이 생겼다며 좋아하는 사람들이다. 그래서 자신의 상처까지도 사랑하는 사람들이 작가다. 어제의 시간도 나중에 그렇게 기억할 수 있을지 모르겠지만 아직은 아니었다. 시라쿠사 하면 가슴 졸인 것만 떠올랐다. 차라리 가지 않았으면 영원히 이름만으로도 설레는 곳으로 남았을 텐데. 그리고 진과 여유롭게 시칠리아의 마지막 저녁을 즐겼을 텐데, 하는 후회만 들었다. 후회는 언제나 늦고, 상처뿐인 영광은 한없이 쓰렸다.

뜻밖의 선물

◇◇◇ 스펠로 ◇◇◇

여행이 막바지에 이르렀다. 마지막 목적지인 밀라노만 남긴 채 아시시Assisi에 도착했다. 시칠리아에서 약간 바뀌기는 했지만 우리는 여행 대부분을 떠나오기전에 짰던 일정대로 움직였다. 처음엔 예매한 기차를무사히 타고, 예약해둔 호텔과 미리 알아둔 장소와 볼거리를 찾아다니는 것만으로도 신기하고 뿌듯했다. 하지만 가끔은 여행을 즐기는 게 아니라 미션을 수행한다는 느낌이 들었다.

여행은 여정 자체가 목적이다. 어떤 경험이든 그자체가 여행의 일부다. 떠나기 전 계획을 세울 때만 해도 나는 책상에서 짠 일정을 뛰어넘어 자유롭고 낭만 넘치는 여행을 즐길 것을 꿈꾸었다. 하지만 무거운 가방과 언어 장벽, 낯선 곳에 대한 두려움이 우리를 소극적으로 만들었다. 진과 나는 예정했던 일정대로 하지 못한 게 있으면 그걸 아쉬워했지 계획을 뛰어넘는 일은 엄두도 내지 못했다.

날이 갈수록 나는 계획표대로 움직이는 우리 여행이 답답해졌다. 학창 시절이 끝나기 전 일탈해보고 싶은 모범생처럼 초조하기까지 했다. 시라쿠사행도 은연중에 느끼던 초조함이 불러온 만용인지 몰랐다. 뭔가 제대로 해서 그 만용이 남긴 찜찜한 기억을 지워버리고 싶었다.

아시시에서 머무는 나흘이 마지막 기회였다. 하지만 또 다른 관광지를 찾고 싶지는 않았다. 우리가 이탈리아에 와서 다닌 곳 중 유명하지 않은 장소는 없었다. 시라쿠사도 남들이 다 가는 명소라 '찍고라도' 오려고 무리수를 두었던 거다. 다른 여행객들의 발자국만 따라다녔으니 이번엔 특별한 이름표가 붙지 않은 평범한 마을에 가보고 싶었다.

기차를 타고 오면서 지나쳤던 근처 마을이 생각
났다. 역 건물이 핑크색이고 가정집 울타리 안에 아이
들 놀이기구가 있는 걸 본 터라 '스펠로'라는 역 이름
이 기억에 남았다. 그래, 그 동네에 가보자. 무작정 역
에서 내려 낯선 동네로 들어설 걸 상상하자 대단한 모
험이라도 떠나는 양 심장이 두근거렸다.

　　아시시에 머문 지 사흘째 되는 날을 디데이로 삼
았다. 계획을 말하면서도 나는 진이 안 간다고 하길
바랐다. 시라쿠사의 기억을 털어버리려면 혼자여야
했다. 다행히 진이 자기는 쉬면서 산책이나 하겠다고
했다. 돈 넉넉하게 가져가고, 휴대폰 보조 배터리도 챙
기라는 잔소리에 전적이 있는 나는 고분고분 따랐다.

　　우리 숙소 가까이에 있는 정류장에서 아시시역
까지 다니는 마을버스를 탔다. 역사 안에 있는 가게에
서 기차표를 팔았는데 스펠로까지 소요 시간은 10분
이고 요금은 1.8유로였다. 기분에는 여차하면 걸어와
도 될 만한 거리 같았다.

　　스펠로역에선 나 외에 내리는 사람이 없었다. 역

건물에서도 인적이 느껴지지 않았다. 그 한적함에 제대로 이탈리아의 평범한 마을을 보겠다고 흐뭇해하며 역사를 나와 걷다가 우뚝 멈춰 섰다.

동네 산 중턱에 아시시보다 규모는 작지만 비슷한 모양새의 중세 마을이 보였다. 아시시로 가던 기차에서 보았어도 그 동네인 줄 몰랐다. 전혀 기대하지 않았던 풍경에 현지인들만 아는 맛집을 찾은 기분이었다. 흥분해서 걸음이 빨라졌다. 마을 입구의 작은 공원 옆에 장이 서고 있었다. 꽃부터 옷, 주방기구 같은 생필품들을 팔았다. 날마다 서는 것인지 운 좋게 날짜가 맞은 건지는 알 수 없었다.

시장을 구경하고 건물을 돌아서자 탑과 성곽과 카페들이 있는 광장이 보였다. 그리고 꽃으로 예쁘게 장식한 건물들이 나타났다. 평범한 동네라기엔 너무 예뻤다. 이런 게 이탈리아 시골동네 '클라스'인가, 하다가 이 정도 마을이면 혹시 인터넷에 나와 있을지 모른다는 생각에 검색해보았다.

두세 줄에 그친 위키백과 소개 글에 따르면 스펠로는 면적 61제곱킬로미터, 인구 8천5백여 명에 불과

한 작은 마을이었다. 좀 더 찾아보니 세상에! 5월에서 6월 사이에 꽃 축제 '인피오라타 페스티벌'이 열리는 곳이었다.

이탈리아어로 '꽃을 딴다'라는 의미의 '인피오라타' 축제는 4백여 년의 역사를 가진 행사라고 한다. 시민들이 참여해 60여 종이 넘는 꽃으로 카페트 같은 꽃길을 만든다는 축제는 홈페이지까지 있었다. (가이드북에도 페루자 지방의 관광지로 조그맣게 나와 있었는데 아시시에만 머물 생각으로 자세히 보지 않아 몰랐다.) 그동안 하도 많은 유적을 보고 다녀 우습게 생각했던 성문은 기원전 1세기에 세워진 것이었다.

이름 없는 동네를 찾아 나선 길에서 꽃으로 유명한 마을을 만나다니. 계획이 어그러진 게 조금도 아쉽지 않았다. 오히려 어린 시절 번번이 실패했던 보물찾기의 보물을 모아두었다 한꺼번에 찾은 것 같았다. 유명해서가 아니라 꽃마을이기 때문이다. 굳이 밝히자면 내 취미는 식물 기르기다. 국내는 물론 외국에 갔을 때도 식물원이나 국립공원에 가는 걸 즐기고, 여행을 떠나와서도 가족보다 집에서 키우는 식물 걱정이

앞설 정도였다.

뜻하지 않은 행운에 만세라도 부르고 싶었다. 꽃 축제 기간이 아니어선지 관광객이 보이지 않는 것도 좋았다. 아무 날도 아닌데 길가의 상점들은 물론 골목 골목 집들마다 꽃과 식물로 아름답게 장식돼 있었다. 예쁜 타일이 걸린 집들이 간간이 있었는데 아마 '집 앞 가꾸기' 같은 대회에서 뽑혔다는 표식 같았다.

어떤 집은 벽걸이 화분으로, 어떤 집은 각양각색 의 제라늄으로, 어떤 집은 계단을 활용해서, 어떤 집은 덩굴식물로……. 집집마다 가꾸는 사람의 개성과 특색이 드러난 꽃 장식들을 보고 있자니 예쁜 그림 속에 들어와 있는 듯 행복했다.

한 군데라도 놓칠세라 골목을 샅샅이 돌아다니 다 한 상점에서 지인들에게 줄 마그네틱을 샀다. 주인 인 화가가 명함보다 작은 나무판에 직접 그린 그림에 선 꽃향기가 나는 것 같았다.

마을 중턱에 시청 광장이 있었다. 다리를 쉴 겸 벤치에 앉아 싸가지고 온 사과를 베어 먹으며 사람들

을 구경했다. 유모차를 끌고 나온 젊은 부인들, 광장을 뛰어다니는 꼬마들, 활기차게 대화를 나누는 노인들은 관광객이 아니라 그 동네 주민이었다. 그동안 현지인보다 관광객이 더 많은 곳을 다니며 여기 사는 주민들은 얼마나 불편할까, 하는 생각을 하곤 했다. 세계적인 관광지는 물론 우리나라도 '오버 투어리즘' 문제가 심각하지 않은가. (코로나19 이전 이야기이긴 하지만.)

예능프로그램에 나와 유명해진 벽화마을의 천사 날개 그림을 그 동네 주민이 지워버렸다는 뉴스를 본 적이 있다. 아름다운 경관을 가진 제주도가 넘쳐나는 관광객 때문에 우리나라 쓰레기 배출 1위 지역이라는 발표도 있었다. 서울 북촌이나 통영 동피랑 벽화마을 등 이름난 마을의 주민들이 겪는 불편 또한 어제오늘 일이 아니다. 그런 소식을 접할 때마다 그곳에 갔을 때 나는 어땠는지 돌아보게 됐고 아주 떳떳하지만은 않았다. 그런데 스펠로는 내가 느끼기에 남에게 보여주기 위해서가 아니라 주민들이 스스로 즐기며 가꾼 일상으로 이루어져 있는 것 같았다. 다른 곳에서는 단체로 수학여행 온 학생들을 보았지만 스펠로에서는 골목과 공원에서 뛰어노는 그 동네 아이들과 마주쳤다.

간식을 먹으며 쉰 다음 마을 꼭대기까지 가보기로 했다. 마을 곳곳이 얼마나 예쁜지 더 머물 핑곗거리를 찾고 싶었다. 비탈길 끝까지 올라가자 경치를 조망할 수 있는 작은 광장이 나왔다. 성벽 너머로 드넓게 펼쳐진 평원은 물론 우리가 머물고 있는 아시시까지 보였다. 육안으로도 보일 만큼 가까운 거리지만 행운의 신이 도와주지 않았으면 알지 못한 채 돌아갈 뻔했다.

'운칠기삼'이란 말이 있다. 운이 7, 재주가 3이라는 뜻으로 사람이 겪는 삶의 성공과 실패엔 운이 더 많이 작용한다는 말이다. 예전엔 그 말을 믿지 않았다.

삶이 힘들었을 때 역술가를 찾아간 적이 있다. 역술가는 혀를 쯧쯧 차며 전형적인 자수성가형인 내 사주를 안타까워했다. 나는 인복이 지지리 없다는 역술가의 말에 수긍했고 내게 주어지는 것들이 순전히 내 노력의 결과라고 생각했다. 그래서 억울했고 더 힘들었다. 이젠 그게 오만이었다는 걸 안다. 내 인생 중 문학 부분만 놓고 봐도 그렇다.

나는 어릴 때부터 작가가 되기를 꿈꾸었다. 그 일은 꿈과 노력만 가지고 이룰 수 있는 게 결코 아니다. 우선 그 꿈을 가질 수 있었던 것도 이야기의 매력을 알게 해준 할머니 덕분이다. 이야기를 좋아한다고 해서 누구나 쓸 수 있는 것도 아니다. 내가 창작을 따로 배우지 않고도 작가가 될 수 있었던 건 습작할 당시 우리나라에서 발행하던 문예지를 모두 구독했던 아버지 덕분이다. 다 큰 딸이 글 쓴답시고 방구석에 틀어박혀 있는 꼴을 못마땅해하면서도 봐준 어머니 덕분이다. 내가 우리 가계를 택해서 태어난 게 아닌 만큼 운이 좋았다고 할 수 있다.

나는 첫 동화 응모에서 최종심에 올랐고, 다음 해에 두 군데에서 당선하며 데뷔를 했다. 한때는 '내가 잘 써서'라고 착각하기도 했다. 오랫동안 작품 활동을 하고, 창작을 가르치고, 문학상 심사를 하며 '문운'이라는 게 있음을 알았다. 나 또한 실력만으로 뽑힌 게 아니었다는 사실도 깨닫게 됐다. 최종심에서 겨룬 작품들 중 심사위원들이 내 글을 더 좋게 봐준 덕이다.

운이 따라주었기에 일찍 등단했고, 아동문학이

활황이던 시절이 있어 독자들의 사랑을 넘치게 받을 수 있었고, 그 덕분에 좋아하는 일로 평생 밥벌이를 하고 있다. 좋은 일이든 궂은일이든 경험을 창작의 원천으로 삼는 직업이기에 내 삶에 닥친 고난도 덜 힘들게 헤쳐왔다. 그만한 행운이 또 있을까.

스펠로라는 뜻밖의 선물이 내 삶 고비마다에 행운이 깃들어 있었음을 깨닫게 해주었다.

안개로 난 길

◇◇◇ 아시시 ◇◇◇

아시시를 떠나는 날 아침이다. 아쉬운 마음으로 창문을 여는 순간 숨이 멎는 것 같았다. 눈앞 가득 안개 바다가 펼쳐져 아무것도 보이지 않았다. 그것만으로도 장관인데 한순간 아침 햇살이 아랫마을 예배당 꼭대기를 비추며 극적인 광경을 만들어냈다. 그리고 세상은 곧바로 다시 안개에 잠겼다.

성 프란체스코 성당은 지금 어떤 모습일까? 며칠 동안 성당의 새벽과 낮과 밤과 저녁을 모두 보았다. 햇빛 아래, 바람결, 빗속의 모습도 다 보았다. 나는 아시시와 마지막 인사를 나누기 위해 숙소를 나섰다.

우리 숙소는 수녀원에서 운영하는 게스트하우스였다. 진과 나는 중세 수녀원풍 건물을 상상하며 어떤 불편함도 기꺼이 감수하리라 각오했는데 여느 호텔처럼 현대적이고 깔끔했다. 쾌적한 방과 뛰어난 전망에 환호하면서도 처음엔 살짝 실망했다. 배부른 투정이었을 뿐, 그곳은 이탈리아에서 묵었던 어떤 숙소보다 정갈하면서도 평화로웠다. (이 글을 쓰고 있는 지금도 방에서 내다보이던 풍경이 눈에 선하다. 나는 그곳에 있을 때부터 이미 그곳을 그리워했다.)

아직 밀라노의 사흘이 남아 있지만 나는 아시시를 마지막 여행지라고 여기고 있었다. 제2의 그리스도로 추앙 받는 프란체스코 성인이 태어난 곳. 가톨릭 신자들의 성지 순례지인 마을. 신자는 아니지만 평화와 안식의 마을에서 마음과 몸을 쉬며 긴 여행을 마무리하고 싶었다.

아시시에 도착한 날, 숙소에 가방만 들여놓고 거리로 나가자마자 뜬금없이 세찬 바람과 함께 빗방울이 떨어졌다. 조금 전까지 쾌청하고 따뜻했던 날씨가 입고 있는 옷으로는 어림없을 만큼 추워졌다. 계절이 거꾸로 가는 것 같았다. 나보다 훨씬 얇은 옷차림이던 진은 숙소로 돌아가고 나는 덜덜 떨면서 혼자 아시시 골목을 돌아다녔다.

성난 구름 떼가 몰려다니는 하늘은 마치 종말을 예고하는 것 같다가도 구름 사이로 한 줄기 햇살을 내리꽂아 환희에 찬 풍경을 만들었다. 탄성이 채 끝나기도 전에 다시 먹구름이 악마의 망토처럼 하늘을 뒤덮으면 바람이 세상을 휩쓸어가려는 듯 휘몰아쳤다. 그동안 아시시처럼 순간순간 변화무쌍한 날씨를 보여준 곳은 없었다. 삼라만상을 쥐락펴락하는 자연 현상은 장엄하기까지 했다.

둘째 날은 온종일 비가 오락가락했다. 비가 그쳤기에 루카성에 가려고 나섰는데 성문 근처에서 빗방울이 떨어지기 시작했다. 어쩌나 하고 서 있는데 양복을 입은 할아버지 두 분이 다가와 "뮤지엄, 뮤지엄, 프리, 프리." 하면서 우리를 이끌었다. 무료라니 비를 피할 겸 가보자고 노인들을 따라갔다.

박물관이라고 하기엔 민망한 규모인 그곳은, 움 브리아 지역의 민속품들을 모아놓은 향토자료 전시관 같은 곳이었다. (그곳의 공식적인 명칭이 무엇인지는 끝내 알지 못했다.) 오래된 농기구, 나무 자전거 같은 아이들 장난감, 작은 주방기구, 무기 같은 (정조대도 있었다.) 유물들이 전시돼 있었다.

관람객은 진과 나뿐이었고 관리자인지, 자원봉 사자인지, 도슨트인지 모를 노인 둘은 우리를 한 명씩 맡아 이탈리아어, 짧은 영어, 손짓 발짓을 섞어 물건 하나하나를 설명했다. 그 할아버지들이 아니었으면 더 즐기며 봤을 텐데, 열정적인 도슨트의 알아듣지 못 할 설명에 리액션을 하느라 힘이 들었다. 어쨌거나 할 아버지들은 한 바퀴 돌며 설명을 끝낸 뒤 카탈로그를 내밀었다. 짐이 될 게 뻔했지만 거절할 수 없어 받았더 니 기부금 통을 내밀었다. 얼마를 내야 할지 난감했다.

진과 나는 눈짓을 주고받은 끝에 10유로를 통에 넣었다. 두 명이서 본 거라 적은 듯도 했지만 무료라 고 해서 왔다 당한 것 같아 더 내기도 아까운 그런 기 분이었다. 문득 백팩에 넣어둔 기념품이 생각나서 꺼냈다.

여행 준비를 하면서 우리나라 전통 문양 책갈피, 태극기 배지, 복주머니 같은 걸 샀다. 그때만 해도 나는 이탈리아에 가면 현지 사람들과 어울리며 대한민국 민간 홍보대사 노릇이라도 하게 될 줄 알았다. 막상 와서 보니 여행이 끝나가도록 이탈리아 사람과 그만큼 친해질 일도 없고, 또 말 좀 주고받았다고 기념품을 주기도 생뚱맞아 한 번도 꺼내지 않았다. 수녀원에서 아침저녁을 먹다보니 외국 사람들과 같은 식탁에 앉을 일이 생겼다. 외국인 여행자들이나 식사 준비를 해주시는 수녀님들에게 드려야지 하고 늘 메고 다니는 백팩에 챙겨두었던 거였다.

두 할아버지에게 한글과 용 문양 책갈피를 하나씩 드렸더니 면구스러울 만큼 좋아했다. (몇 번 같은 식탁에 앉았던 독일인 여행자에게 나비 문양 책갈피와 복주머니를 주고, 남은 건 체크아웃할 때 수녀님들에게 다 드리고 왔다.)

박물관에서 나올 때는 그쳤던 빗줄기가 식당을 찾아 점심을 먹는 동안 더 굵어졌다. 오후에도 개지 않기에 우비를 입고 혼자 숙소를 나섰다. 마을 전경을 보고 싶어 아시시의 가장 높은 곳에 있는 루카성에 올라갔다. 인적이 드물었지만 무서운 생각은 들지 않았다. 구름이 내려앉고 안개가 피어올라 신비롭고 고즈넉한 풍경 속으로 종소리가 울려 퍼졌다. 온몸을 가득 채우는 듯한 종소리에 눈물이 났다. 누군가가 여기까지 순례자처럼 한 걸음, 한 걸음 걸어온 내게 위로의 손길을 건네는 것 같았다.

스펠로에 다녀왔던 셋째 날은 하루 종일 맑고 온화했다. 진과 나는 고목이 된 올리브 나무 사이를 걸어 소박한 성 다미아노 성당에 다녀왔다. 성 다미아노의 십자가로도 유명한 성당은 프란체스코에게 새로운 삶의 방향을 제시해준 곳이라고 한다.

부유한 상인의 아들로 태어난 프란체스코는 방탕한 삶을 살다 성 다미아노 십자가의 예수님으로부터 '내 집을 재건하라'는 말씀을 듣고 혼자 돌을 쌓으며 성당을 재건했다. 그 뒤 아버지의 재산을 모두 가난한 사람들에게 나눠 주고 청빈한 삶을 살았다. 자신이 가진 것을 모두 내어주는 삶만큼 어려우면서도 위대한 건 없다. 그 감동을 기억하기 위해 올리브 나무로 조각한 작은 성 프란체스코 상을 샀다.

마지막 날 아시시는 안개에 잠겼다. 나는 아침 일찍 어제와는 다른 길로 루카성에 또 올라갈 계획이었다. 가보지 않은 길을 걸어보고 싶었고, 빗속에서 봤던 아시시의 전경을 다시 보며 마지막 인사를 나눌 참이었다. 그리고 한 번 더 종소리를 들을 수 있기를 바랐는데 안개가 마을 전체를 덮어버렸다.

숙소 밖으로 나가니 길은커녕 발밑도 보이지 않았다. 그렇게 짙은 안개는 내 평생 처음이었다. 나는 견고하게 버티고 선 안개 벽 앞에서 잠시 망설였다. 이 안개 속에선 가봤자 보이는 것도 없을 것 같았다. 하지만 되돌아선다면 오래도록 후회할 게 분명했다. 나는 심호흡을 하고 앞이 보이지 않는 사람처럼 더듬거리며 성당 쪽으로 나아갔다.

걷기 시작하자 안개는 내가 발을 내딛는 만큼 공간을 열어주었다. 성당 앞에 다다랐을 때 마치 누군가

연출하듯 안개가 흩어지며 말을 탄 프란체스코 성인의 동상과 성당이 모습을 드러냈다. 하지만 곧 더 짙은 안개가 에워쌌다. 대기에 가득 차 휘감았다 흩어졌다 소용돌이치는 안개는 마치, 보이지 않는 기운들이 인간의 얄음으로는 헤아릴 수 없는 결투를 벌이는 것 같았다. 신화나 옛이야기에 등장하는 어떤 일이 펼쳐져도 어울릴 광경이었다.

성당 앞에서 오른쪽 언덕길로 들어섰다. 그날을 위해 남겨두었던 길이 안개 속에 감추어져 있었다. 나는 무엇이 있을지 모르는 앞을 향해 계속 나아갔다. 내가 발을 내디딜 때마다 안개의 밀도가 흔들리며 집과 성문과 먼 풍경이 슬쩍슬쩍 모습을 드러냈다 감췄다 했다. 루카성까지 가는 건 아무래도 무리였다.

성문 밖 사이프러스 나무 아래에 서서 아쉬운 마음을 달래며 아시시 뒤편 마을을 내려다보았다. 아무것도 보이지 않다 안개가 옅어지면 길이 아슴푸레 보이곤 했다.

나는 그 아침, 아무리 짙을지라도 안개는 그 속으로 발길을 내딛는 사람에게 길을 내어준다는 것을 경험했다. 겁내거나 주저하는 사람에게는 벽처럼 견고하지만 용기 내어 다가가는 사람에게는 바늘귀만 한 틈이라도 내어주는 안개는 우리가 사는 세상, 그리고 인생과 닮았다.

은하의 밤

◇◇◇ 밀라노 ◇◇◇

다시 밀라노로 온 건 꼭 한 달 뒤였다. 진과 나는 긴 여행에 지쳐 있었고 눈길 닿는 곳, 발길 닿는 곳마다 넘치는 유적과 유물들에도 물려 있었다. 웬만한 조각이나 그림에는 감흥도 안 생기고 백 년쯤 된 '신축' 건물엔 코웃음 칠 정도가 된 터라 뭘 더 보고 싶은 마음도 없었다.

　나흘을 머물지만 도착한 날과 출발하는 날을 빼니 온전히 남는 날은 이틀이었다. 그것만으로 충분했다. 밀라노에서 맞았던 이탈리아의 첫 밤을 시원찮은 숙소에서 보냈기에 마지막 호텔은 괜찮은 곳으로 잡았다. 호텔에서 쉬며 하루는 세계에서 세 번째로 큰 가톨릭 성당이라는 두오모를 '예의상' 봐주고, 또 하루는 선물 쇼핑하고 짐을 싸면 되겠다 싶었다.

"아무리 대단한들 피렌체 두오모만 하겠어."

"그래. 이제 뭘 보는 것도 귀찮다."

선물을 사려는 커피가게가 밀라노 대성당 근처에 있으니 겸사겸사 봐주려는 것뿐이다. 지하철 1일권을 살까 하다 그것도 낭비겠다 싶어 1회권을 끊었다. 그리고 두오모역에 내려 광장으로 향하는 계단을 올라서는 순간 나타난 대성당!

밀라노 대성당은 건축 기간이 무려 5백 년에 이른다. 중세 고딕으로부터 시작해 18세기 시기별 건축양식이 혼합된 성당은 화려한 외관만으로 또다시 눈과 입을 벌어지게 만들었다. 대강 보자고 했던 우리는 그 '과함'에 질려 하면서도 통합 관람권을 사서 성당 내부는 물론 지하, 옥상, 박물관까지 섭렵하고 책도 샀다. 그걸로도 모자라 다음 날 밤 다시 가서 야경까지 보았다.

밀라노, 아니 이탈리아에서의 마지막 날은 미뤄

두었던 쇼핑을 해야 했다. 진이 피렌체에서 아웃렛 매장에 가고 싶어 했을 때 명품에 전혀 관심이 없는 나는 아까운 시간을 그런 데 쓰고 싶지 않았다. 그럼 하루 각자 하고 싶은 걸 하자고 하니까 진이 쇼핑은 서로 봐주고 자랑하면서 해야 재미있는 거라며 아웃렛 매장을 포기했다. 그게 마음에 걸려 밀라노에서 가보자고 했으나 진도 이젠 명품이고 뭐고 더 보러 다니고 싶은 욕망이 사라진 상태였다. 하지만 가족과 지인들에게 줄 선물은 사야 했다.

  인터넷을 뒤져 미리 쇼핑 품목을 정했다. 중앙역 쇼핑가에 살 만한 곳이 있었다. 밀라노 두오모까지 본 상황이라 중앙역쯤은 심드렁했으나 이탈리아에서 맞은 첫 아침의 흥분과 설렘은 고스란히 기억났다. 그때 우리는 아침을 무사히 먹은 것에 감동하며 휴대폰 유심을 사러 중앙역 쇼핑가로 갔었다.

  밀라노 중앙역은 우리가 이탈리아에 도착해 처음 본 유서 깊은 건축물이었다. 이탈리아 주요 노선들의 종착역이며 스위스, 독일, 프랑스, 스페인의 도시들을 잇는 국제선 시발점인 중앙역은 기차역이 아니라 무슨 박물관 같았다. (겨우 백 년도 안 된 건축물에 그렇게 감탄했다니.) 정면 길이 2백미터인 고풍스러운 건물 외관에 일단 놀라고, 천장 높이 75미터에 이르는, 과거와 현재가 어우러진 내부 모습에 넋을 빼고 구경하다 현지인으로부터 백팩을 앞으로 메라는 주의까지 받았다.

호텔을 몇 번씩 들락거리며 치약, 올리브오일 비누, 커피, 초콜릿, 와인 등을 사 날랐다. 무게 초과 요금을 물면 배보다 배꼽이 더 큰 셈인데 카타니아 공항에서 쟀던 가방 무게는 지금만으로도 한계치에 도달해 있었다. 비행기에 들고 들어갈 가방을 따로 하나 만들기까지 했지만 어림없었다. 우리는 각자 버릴 걸 찾기 시작했다.

나는 가장 먼저 한국에서부터 여행의 길잡이가 돼주었던 두꺼운 가이드북을 포기했다. 필요한 부분을 분철해서 갖고 다닌 탓에 이미 만신창이가 됐는데도 버릴 때 마음이 살짝 아팠다. 그동안 요긴하게 썼던 3단 접이 우산, 몇 번 안 신은 슬리퍼, 막 입어 보푸

라기가 인 스웨터. 잠옷으로 입던 목이 늘어난 티와 무릎 나온 바지는 오늘 밤까지만 입고나서 버리기로 했다.

진도 이것저것 빼놓으면서 진작 버리지 못한 걸 억울해했다. 처음부터 이렇게 비우기를 잘했다면 한 달 내내 무거운 가방을 끌고 다니지 않았을 텐데. 아니, 한국에서 떠나올 때부터 가방이 가붓했을 것이다. (나폴리에서 만난 청년처럼 말이다.) 여분의 지퍼를 다 열어야만 겨우 닫을 수 있는 캐리어를 한옆에 세워놓았다. 아직 정확한 무게를 모르니 근심덩어리였다.

짐과 한바탕 씨름한 뒤 나빌리오 운하에 가기 위해 호텔을 나섰다. 인터넷에서 본 맛집에서 스테이크를 먹으며 마지막 밤을 즐기기로 했다. 나빌리오에 도착했지만 식당 대부분은 브레이크 타임이라 문을 열지 않았다. 저녁 오픈 시간을 기다리기엔 배가 많이 고팠다. 이탈리아 사람들의 저녁 시간은 꽤 늦는 편이다. 밤늦게까지 만찬을 즐기고도 다음 날 아침 끄떡없이 출근한다니 체력이 좋은가 보다.

문 연 식당을 찾아 돌아다니다 일식집을 발견했다. 낯설지 않은 메뉴를 보자 스테이크는 뒷전으로 밀려났다. 진과 나는 입맛을 다시며 메뉴를 골랐다. 초밥, 우동, 마끼……

우리에게 공통점이 있다면 음식에 모험심이 없다는 거다. 문화의 일부인 현지 음식을 찾아다니는 여느 여행객들과 달리 우리는 익숙한 것만 먹으려 들었다. (그러면서도 밑반찬 하나 싸오지 않는 호기를 부렸다.) 피렌체에서는 중국 마켓에서 컵라면을 사다 저녁마다 먹었고, 로마에서는 숙소를 시내로 옮긴 뒤 날마다 한국 식당에 갔다. 밀라노에서도 어제와 오늘 점심을 한국 식당에 가서 먹었다.

우리 입맛에는 이탈리아 음식이 너무 짜고 양도 많았다. 싱겁게 해달라고 해도 이미 소스가 만들어진 상태라 안 된다는 대답이 돌아오곤 했다. 피자, 파스타, 라자냐 등 우리가 아는 메뉴 외에는 낯선 이름들이라 그림이 없으면 주문하기도 어려웠다. 그러다 보니 끼니마다 식당을 찾고 음식 주문하는 것 자체가 스트레스였다. 운 좋게 입에 맞는 음식을 찾으면 그 도시에 머무는 동안 계속 같은 식당에 갔다.

여행 동안 가장 많이 먹은 이탈리아 음식은 토마토와 모짜렐라 치즈가 듬뿍 들어간 카프레제 샐러드였다. 그 또한 한국에서 가끔 먹어봤기에 낯설지 않은 맛이다. 물소 젖으로 만든다는 치즈가 얼마나 신선하고 맛있던지 한국에 돌아와서도 가장 생각나는 음식이 됐다.

일식집이건만 (알고 보니 중국 사람들이 운영하는 곳이었다.) 이 맛도 저 맛도 아닌, 만족스럽지 못한 저녁을 먹고 드디어 운하로 갔다. 이웃 나라들과의 교역과 대성당 건축에 필요한 대리석을 운반하기 위해 만들었다는 운하 주위엔 식당과 상점들, 가방이나 선글라스 노점상들이 늘어서 있었다. 베네치아 운하를 경험한 눈엔 더없이 시시해 보였다. 청계천만도 못한 곳을 호평한 인터넷 글들이 호들갑스럽게 여겨졌다. 그래도 야경은 괜찮을 거야.

온종일 쇼핑하고 짐 싸느라 기력이 소진된 터라 마음 같아서는 호텔로 돌아가 쉬고 싶었다. 하지만 이

대로 가면 실망스러운 풍경과 심정이 이탈리아의 마지막 기억이 되겠기에 운하 주변을 서성거리며 해가 지기를 기다렸다.

해가 길어져 밤 9시나 돼서야 어두워지고 드디어 가로등이 켜졌다. 상점들이 하나둘 불을 밝히고, 주말을 즐기려는 사람들이 모여들기 시작했다. 운하의 풍경은 현실에서 영화 속이나 판타지 세계로 넘어가는 것처럼 바뀌어갔다. 불빛 아래에서는 모든 게 꿈같아 보였다.

어느새 추억이 된 기억들이 물 위의 불빛처럼 반짝거렸다. 여행 내내 모퉁이를 돌 때처럼 다음에 만날 풍경에 기대를 품었다. 설렘은 환호성으로 이어지기도 했고, 실망감으로 바뀌기도 했다. 환상적이고 드라마틱한 일을 기대했지만 그런 일은 없었다.

그리고 우리 둘. 한 달 동안 진과 나는 갈래머리 고등학생 때처럼 유치한 문제로 티격태격하고, 신경전을 벌이고, 삐쳤다가 풀어졌다가, 서로에게 짜증이 났다가 더없이 좋았다가 했다. 그렇게 우리는 특별한 일상과 추억을 만들며 다시없을 시간을 보냈다. 쉬여

덟 살이지만 우리 마음은 열여덟 살과 크게 다르지 않
았다.

　　이탈리아에서의 마지막 밤이 불빛과 달과 건물
과 사람들을 담은 운하처럼 흘러갔다.

퇴고할 수 없는 시간

에필로그

글쓰기가 여행과 다른 점은 퇴고를 통해 잘못됐거나 마음에 안 드는 부분을 고칠 수 있다는 거다. 하지만 지나간 시간 속에 있는 여행은 수정할 수 없다. 그래서 한 번 살면 그뿐인 인생과 닮은 부분이 있다. 다행인 건 그 여행에서 얻은 깨달음을 삶이나 다음 여행에 반영할 기회가 남아 있다는 거다.

사람들이 여행을 떠나고 싶어 하는 까닭은 결코 다시 살 수 없는 삶을 잠시 멈춰놓고, 인생의 축소판 같은 여행으로 예행연습을 해보고 싶어서일지 모른다.

이탈리아 여행에서 돌아와 몸보다 마음의 여독

을 더 크게 앓았다. 벗어나고자 안달하며 떠난 여행에서 일상을 느끼고자 애쓰며 지냈다. 돌아와서는 꿈속을 헤매듯 수시로 이탈리아에 가 있는 마음 때문에 일상으로 복귀하기 어려웠다. 마음이 허공을 떠도는 가운데서도 한 가지 분명한 건 있었다. 여행을 떠나기 전의 나와 여행에서 돌아온 나 사이엔 무언가 변화가 있다는 것.

여행하는 동안은 날마다 무언가를 결정하고 그 일을 실행에 옮겨야 했다. 가끔 피곤하니 여기만 가고 저기는 가지 말자 한 적은 있지만 대부분은 마음먹었던 걸 해내면서 지냈다. 한 달을 그렇게 지내다 보니 실행력에 근력이 붙었다고나 할까.

한 달 내내 끌고 다닌 가방 속 물건들을 (선물 넣을 자리를 만들기 위해서였지만) 버리면서 돌아가면 집 정리를 하리라 마음먹었다. 한국에서도 지겹게 했던 생각이었다. 물건이나 옷, 책을 찾아야 할 때마다 주말엔 정리를 해야지, 이번 원고 끝내놓곤 정말 해야지, 강연들 끝나면 결단코 할 거야, 마음만 먹다가 결국은 또 다음 언젠가로 미루며 살아왔다.

이탈리아에서 키워온 근력 덕분에 마침내 그 일을 실행에 옮길 수 있었다. 가장 먼저 옷. 집에 있을 때면 나는 편한 옷 두어 벌만 가지고 돌려가며 입는다. 목이 늘어나고 구멍이 나도록 입어 남편이 그 옷 아끼듯이 다른 것도 아꼈으면 빌딩을 샀을 거라고 농담을 할 정도다. 아이들도 내 몸과 붙은 듯한 '집 룩'을 놀리곤 한다. 이렇게 말하니 옷 욕심이 없는 것처럼 보이지만 명품에 관심이 없을 뿐이지 예쁜 옷이 눈에 띄면 충동적으로 사는 경우가 많다. 하지만 그것과 어울리는 상의나 하의가 없어서, 신발과 가방이 없어서, 때로는 산 걸 잊어버려서 한 번도 입지 못한 채 묵히고 있는 옷이 이 방 저 방 옷장에 수두룩했다. 우리 집에서 제일가는 옷 부자이면서 맨날 같은 것만 입거나, 외출하려면 입을 옷이 없어 절절매는 상황을 평생 겪고 있는 거다.

책에서 본 정리 방법을 참고삼아 남길 옷과 나눌 옷, 버릴 옷으로 분류했다. 버릴 옷은 마음 변하기 전에 얼른 의류수거함에 갖다 넣고, 나눌 옷은 지인들과의 모임에 가져가기로 했다. (친한 동료 작가 몇몇끼리 재미삼아 '아나바다' 놀이를 하곤 한다.) 부피가 있는 겨울 외투 외에 침실에 있는 작은 붙박이장만큼의 옷만 남겼다.

버리는 것만으로도 비우기를 잘한 것 같은 뿌듯함을 느끼던 중에 '패스트 패션'에 관한 기사를 보게 됐다. 사람들은 새 옷을 사면 평균 7~8회만 입고 버리며, 쓰레기가 된 옷들은 환경오염의 주범이 된다고 했다. 나한테 가장 빈도수 높은 외출복 사용처는 강연인데, 강연은 어차피 다 다른 곳으로 가니 같은 옷을 입어도 상관없다. 나는 일단 옷을 사지 말고 가진 옷으로 지내보기로 했다. 다른 장소 같은 옷 사진이 여기저기 뜨더라도 '그 작가 검소하고 소탈하다'고 하겠지, 하고 나 좋을 대로 생각하면서. 그 결과 2년 동안 옷을 사지 않고서도 문제없이 지냈다. 그리고 올해 봄부터야 몇 가지 샀다.

다음 과업은 책 정리. 애정지수가 훨씬 높은 탓에 옷 정리보다 어려웠다. 서재는 물론 침실, 거실, 주방까지 번듯한 벽면은 모두 책이 차지하고 있다. 책장까지 맞춤으로 짜서 상전처럼 모셔둔 셈이다. 몇십 년째 상전이 늘면 늘었지 줄어든 적은 없었다.

살림살이조차 제대로 놓기 어렵게 되자 식구들이 읽었거나, 안 읽는 책 좀 버리라며 불평했다. 책마다 자기만의 영혼을 지니고 있으며 그 자체로 하나의 우주인 책을, 읽고 나서 버리는 물건으로 취급하다니. 화가 나고 서운했다. 인터넷 설치기사가 책장으로 가득 찬 거실을 보고 인테리어 멋있다고 했을 때도 책을 장식용으로 꽂아놓은 것처럼 여기는 게 불쾌했다.

하루는 딸아이가 퀴즈를 냈다.

"엄마, 사람들이 음식 남기면 지옥에 가서 그거 다 먹어야 한다고 하잖아. 사놓고 안 읽은 책은 어떻게 하게?"

"지옥에 가서 읽는 건가? 그거 괜찮다."

책 읽는 지옥이라니. 그동안 못다 읽은 책들을 원 없이 읽을 테닷! 지옥이 무섭지 않았다.

"아니. 들고 있어야 한대."

아, 그건 너무 무서운 일이다.

나는 집 안 곳곳에 버티고 선 책장을 둘러보았다. 읽다 말았거나, 책장에 꽂아놓은 것으로 만족한 채 읽지 않은 책이 어쩌면 읽은 책보다 더 많을지 모른다. 그 책들에 압사당하는 모습을 상상하면서도 나는 정리할 생각을 하지 않았다.

하지만 이탈리아에서 돌아온 나는 달라져 있었다. 가이드북이라고는 해도 책을 호텔 쓰레기통에 버리고 온 사람이다. 활자본이라면 카탈로그까지 모아놓았던 나는 책 정리를 시작했다. 우체국 택배 박스를 여러 개 사다 놓고 책을 분류해 필요한 사람들에게 보내주었다. 큰 책장 세 개 분량의 책을 정리하고 나니 공간에 한결 여유가 생겼다. 더는 책장을 늘리지 않기로 한 결심을 지금까지 지키고 있다.

그리고 여행 가방 싸기. 지난날의 나는 여행할 때마다 가방의 노예로 지내다 오곤 했다. 3박 4일짜리 여행을 가도 어쩌면 필요할지 몰라서 챙기지만 대부분은 한 번도 사용하지 않은 채 되가져오는 물건들로 24인치 수하물용 캐리어를 꽉 채우곤 했다. 하지만 이탈리아에 다녀온 뒤론 가방을 훨씬 간소하게 꾸릴 수 있게 됐다. 여행 가서도 집에서처럼 편하게 지내려는 마음 때문에 가방이 커지고 무거워졌던 거다. 없으면 없는 대로 지내고, 필요한 일이 생기면 거기서 사지 뭐. 그 뒤에도 여러 차례 외국에 갈 일이 생겼다. 그때마다 전보다 가볍고 널널한 가방에 혼자 뿌듯해지곤 했다.

이탈리아에서 보낸 한 달이 준 가장 큰 변화는 나이에 관한 생각이었다. 여행에서 돌아온 지 얼마 안 됐을 때 남편이 뉴스에 나오는 한 여성 정치인을 보며 말했다.

"저 사람 젊었을 때 예뻤겠어."

예전 같으면 별생각 없이 들었을 테고 동조까지 했을 거다. 그런데 '젊었을 때'란 말이 귀에 거슬렸다. 이번 여행에서 나는 내가 그동안 생물학적 나이에 큰 고정관념과 편견을 가지고 있었음을 깨달았다. 나는 60세가 가까워지는 아줌마다. 손주가 없더라도 머잖아 할머니로 불리게 되겠지. 우리나라에서 할머니에 가까운 아줌마는 어떤 카테고리에 속할까.

이탈리아에서 나이 든 여성들을 많이 보았다. 요란한 파마와 화장, 튀는 옷차림을 한 모습이 처음엔 눈에 설었지만, 차츰 멋있어 보였다. 배 나오고 머리가 허옇게 센 남자들은 또 어떻고. 여자를 보면 윙크를 하고 '벨라'를 외쳤지만 느끼해 보이기는 했을망정 늙은 사람이 주책이라는 생각은 들지 않았다. 시간이 지나자 그 이유를 알 것 같았다. 바로 나이에 갇히지 않는 당당함과 자유로움 때문이었다.

여행하는 동안 우리에게 길을 가르쳐주고, 무언가 어려움에 처했을 때 도움을 주고, 이방인에게 관심을 가져준 사람들은 대부분 노인들이었다. 그들이 그저 시간 많은 '오지라퍼'들이라서 관광객에게 신경 써준 건 아니었을 거다.

풍경을 찍어도, 인물을 찍어도 배경으로 다른 사람들이 있어야 풍요로운 사진이 된다. 사람이 빠진 여행은 아무리 멋진 건축물과 예술작품, 아름다운 풍광을 보고 왔어도 김빠진 사이다 같을 거다. 비록 스치듯 지나간 인연들이지만 그곳에서 만난 노인들 덕분에 우리 여행은 한결 푸근하고, 다채로울 수 있었다.

나는 남편에게 말했다.

"지금도 예뻐. 흰머리랑 주름살도 멋있어."

지금은 초등학교 취학 나이 기준일이 1월 1일이지만
예전엔 3월 1일부터 다음 해 2월 말까지였다. 1962년
1월생인 나는 1961년생들과 한 교실에서 공부했다.
약력엔 호적에 오른 양력 출생년도로 기재하지만 나
는 평생 내 나이를 1961년 소띠 출생으로 세어왔다.
요점은 지레 걱정하고 유난을 떨며 쉰 살부터 준비했
던 예순 살을 2020년에 맞이했다는 이야기다. 코로나
19가 처음 세상을 덮친 작년 말이다!

   2020년은 전 인류가 잊지 못할 해이며 역사에 두
고두고 회자될 해일 것이다. 창궐하는 역병은 14세기
페스트나 백여 년 전 스페인 독감처럼 과거, 아니면
SF 소설과 영화에서 그리는 디스토피아적 미래에 등
장하는 거라고 여겼다. 현재에 생겨난 코로나19는 사
스나 메르스처럼 현대 의학과 과학 기술이 금방 제압
할 수 있다고 믿었다. 하지만 우리는 바이러스의 습격
에 속수무책 당했고, 해가 바뀌어 백신 접종이 시작됐

어도 변이 바이러스, 일상 감염 등 결코 낙관할 수 없
는 상황이다. 과거와 미래가 혼재하는 상황 속에서 현
재를 잃어버린 삶을 살아가는 중이다.

"그때 여행 안 갔으면 어쩔 뻔했어!"

"그래. 미리 가길 정말정말 잘했어!"

진과 나는 예순 살까지 기다리지 못한 우리의 부
족한 인내심을 진심으로 칭찬했다.

여행하면서 마주쳤던 모든 것들이 마음, 영혼, 몸
구석구석에 자국을 냈다. 자국은 실금을 만들어, 어떤
금은 파삭하고 깨어졌고, 어떤 금은 지금도 실핏줄처
럼 내 전부를 타고 다니며 시각과 생각에 틈을 내주고
있다.

여행을 마쳤을 때는 하나의 세계를 완성했다는
기쁨, 성취감과 함께 더 나아갈 수 있는 용기를 얻었
다. 그랬던 여행을 경험하지 못한 채 예순 살을 맞이
했다면 얼마나 더 우울했을까.

예순 살엔 미리 다녀온 여행을 추억하는 책으로
자축하고 싶었다. 틈틈이 여행담을 정리했는데 유럽

에서 코로나19가 가장 먼저 강타한 나라는 이탈리아였다. 뉴스에서 이탈리아 소식을 볼 때마다 가까운 지인에게 불행한 일이 생긴 것처럼 마음이 쓰였다. 그런 상황에서 놀러 갔다 온 이야기로 책을 내는 일이 편치 않았다.

코로나19 팬데믹 속에서 나라마다 경계선을 다시 세우고, 하늘길이 끊기고, 상황이 암울해질수록 거기서 보낸 시간들이 얼마나 소중했던가를 절절하게 깨닫는다. 흘러간 시간 속에 박혀 보석처럼 빛나는 추억들은 지금도 큰 힘과 위로가 되고 있다.

올해로 나는, 관용어처럼 또는 인터넷 연관 검색어처럼 머릿속에 새겨져 두렵게 했던 '환갑노인네'가 됐다. 하지만 환갑이라는 나이가 주는 우울함이나 두려움은 놀랄 만큼 느껴지지 않았다. 실은 작년에 60대가 됐을 때도 마찬가지였다. 미리 한 여행으로 효과 좋은 백신을 맞은 덕이다.

진과 나는 또다시 여행을 꿈꾸며 코로나가 끝나길 기다리고 있다. 그때는 정년퇴직을 한 선도 함께할 것이다. 갈 곳이나 구체적인 일정은 아직 정하지 못했지만 즐거운 여행을 위한 수칙은 벌써 세웠다.

> 짐 가볍게 싸기
> 현지 음식 도전하기
> 따로 또 같이 지내기

훗날 역사는 코로나19와 사망자 수, 백신과 치료제 개발 등으로 2020년과 2021년을 기억하겠지. 하지만 뭉뚱그려 기록될 역사의 행간에는 77억 개의 삶이 있다. 그중 한 사람인 나는 오늘도 퇴고할 수 없기에 더없이 소중한 나만의 역사를 써 내려가고 있다. 흐르는 시간 속에서, 누구나 그럴 것이다.

2021년, 9월
이금이

페르마타, 이탈리아

2021년 9월 24일 1판 1쇄
2023년 3월 10일 1판 3쇄

지은이 이금이

편집 김태희, 장슬기, 이은, 김아름, 이효진 디자인 김효진
제작 박흥기 마케팅 이병규, 이민정, 최다은, 강효원 홍보 조민희

인쇄 코리아피앤피 제책 J&D바인텍

펴낸이 강맑실
펴낸곳 (주)사계절출판사 등록 제406-2003-034호
주소 (우)10881 경기도 파주시 회동길 252 전화 031)955-8588, 8558
전송 마케팅부 031)955-8595 편집부 031)955-8596
홈페이지 www.sakyejul.net 전자우편 literature@sakyejul.com
블로그 blog.naver.com/skjmail 페이스북 facebook.com/sakyejul
인스타그램 instagram.com/sakyejul

ISBN 979-11-6094-756-4 03810